FOLIO JUNIOR

Maurice Leblanc

Les confidences d'Arsène Lupin

Notes et carnet de lecture
par Bernard Chesnel

GALLIMARD JEUNESSE

COLLECTION DIRIGÉE PAR JEAN-PHILIPPE ARROU-VIGNOD

Pour en savoir plus :
www.cercle-enseignement.fr

© Éditions Gallimard Jeunesse, 2024, pour les notes et le carnet de lecture

1
Les jeux du soleil

– Lupin, racontez-moi donc quelque chose.

– Eh ! que voulez-vous que je vous raconte ? On connaît toute ma vie ! me répondit Lupin qui somnolait sur le divan de mon cabinet de travail.

– Personne ne la connaît ! m'écriai-je. On sait, par telle de vos lettres, publiée dans les journaux, que vous avez été mêlé à telle affaire, que vous avez donné le branle à[1] telle autre… Mais votre rôle en tout cela, le fond même de l'histoire, le déroulement du drame, on l'ignore.

– Bah ! Un tas de potins[2] qui n'ont aucun intérêt.

– Aucun intérêt, votre cadeau de cinquante mille francs à la femme de Nicolas Dugrival ! Aucun intérêt, la façon mystérieuse dont vous avez déchiffré l'énigme des trois tableaux !

– Étrange énigme, en vérité, dit Lupin. Je vous propose un titre : *Le Signe de l'Ombre*.

– Et vos succès mondains[3] ? ajoutai-je. Et le secret de vos bonnes actions ? Toutes ces histoires auxquelles vous avez souvent fait allusion devant moi et que vous appeliez : *L'Anneau nuptial*, *La Mort qui rôde*, etc.

---

1. Donné le branle à : donné une première impulsion à, lancé.
2. Potin : bavardage, commérage.
3. Mondains : dans la haute société.

Que de confidences en retard, mon pauvre Lupin !...
Allons, un peu de courage...

C'était l'époque où Lupin, déjà célèbre, n'avait pourtant pas encore livré ses plus formidables batailles ; l'époque qui précède les grandes aventures de *L'Aiguille creuse* et de *813*. Sans songer à s'approprier le trésor séculaire[1] des rois de France ou à cambrioler l'Europe au nez du Kaiser[2], il se contentait des coups de main plus modestes et de bénéfices plus raisonnables, se dépensant en efforts quotidiens, faisant le mal au jour le jour, et faisant le bien aussi, par nature et par dilettantisme[3], en Don Quichotte[4] qui s'amuse et qui s'attendrit.

Comme il se taisait, je répétai :

– Lupin, je vous en prie !...

À ma stupéfaction, il répliqua :

– Prenez un crayon, mon cher, et une feuille de papier.

J'obéis vivement, tout heureux à l'idée qu'il allait enfin me dicter quelques-unes de ces pages où il sait mettre tant de verve[5] et de fantaisie, et que moi, hélas ! je suis obligé d'abîmer par de lourdes explications et de fastidieux[6] développements.

– Vous y êtes ? dit-il.

– J'y suis.

---

1. Séculaire : accumulé depuis plusieurs siècles.
2. Le Kaiser : Guillaume II, empereur d'Allemagne de 1888 à 1918.
3. Par dilettantisme : par plaisir, comme passe-temps.
4. Don Quichotte : défenseur des opprimés, des causes perdues, à l'instar du héros du roman de Cervantès, Don Quichotte de la Manche (1605-1615).
5. Verve : manière de s'exprimer pleine de vivacité et d'esprit.
6. Fastidieux : ennuyeux.

– Inscrivez : 19 – 21 – 18 – 20 – 15 – 21 – 20.
– Comment ?
– Inscrivez, vous dis-je.

Il était assis sur le divan, les yeux tournés vers la fenêtre ouverte, et ses doigts roulaient une cigarette de tabac oriental.

Il prononça :
– Inscrivez : 9 – 12 – 6 – 1…
Il y eut un arrêt. Puis il reprit :
– 21.
Et, après un silence :
– 20 – 6…

Était-il fou ? Je le regardai, et peu à peu je m'aperçus qu'il n'avait plus les mêmes yeux indifférents qu'aux minutes précédentes, mais que ses yeux étaient attentifs, et qu'ils semblaient suivre quelque part, dans l'espace, un spectacle qui devait le captiver.

Cependant, il dictait, avec des intervalles entre chacun des chiffres :
– 21 – 9 – 18 – 5…

Par la fenêtre, on ne pouvait guère contempler qu'un morceau de ciel bleu vers la droite, et que la façade de la maison opposée, façade de vieil hôtel dont les volets étaient fermés comme à l'ordinaire. Il n'y avait là rien de particulier, aucun détail qui me parût nouveau parmi ceux que je considérais depuis des années…

– 12 – 5 – 4 – 1…

Et soudain, je compris… ou plutôt, je crus comprendre. Car comment admettre qu'un homme comme

Lupin, si raisonnable au fond sous son masque[1] d'ironie, pût perdre son temps à de telles puérilités[2] ? Cependant il n'y avait pas de doute possible. C'était bien cela qu'il comptait, les reflets intermittents d'un rayon de soleil qui se jouait sur la façade noircie de la vieille maison, à la hauteur du second étage.

– 14 – 7…, me dit Lupin.

Le reflet disparut pendant quelques secondes, puis, coup sur coup, à intervalles réguliers, frappa la façade, et disparut de nouveau.

Instinctivement, j'avais compté, et je dis à haute voix :

– 5…

– Vous avez saisi ? Pas dommage ! ricana Lupin.

Il se dirigea vers la fenêtre et se pencha comme pour se rendre compte du sens exact que suivait le rayon lumineux. Puis il alla se recoucher sur le canapé en me disant :

– À votre tour, maintenant, comptez…

J'obéis, tellement ce diable d'homme avait l'air de savoir où il voulait en venir. D'ailleurs, je ne pouvais m'empêcher d'avouer que c'était chose assez curieuse que cette régularité des coups de lumière sur la façade, que ces apparitions et ces disparitions qui se succédaient comme les signaux d'un phare.

Cela provenait évidemment d'une maison située sur le côté de la rue où nous nous trouvions, puisque

---

1. Masque : expression du visage.
2. Puérilité : enfantillage.

le soleil pénétrait alors obliquement par mes fenêtres. On eût dit que quelqu'un ouvrait ou fermait alternativement une croisée[1], ou plutôt se divertissait à renvoyer des rayons de clarté à l'aide d'un petit miroir de poche.

– C'est un enfant qui s'amuse, m'écriai-je au bout d'un instant, quelque peu agacé par l'occupation stupide qui m'était imposée.

– Allez toujours !

Et je comptais... Et j'alignais des chiffres... Et le soleil continuait à danser en face de moi, avec une précision vraiment mathématique.

– Et ensuite ? me dit Lupin, à la suite d'un silence plus long...

– Ma foi, cela me semble terminé... Voilà plusieurs minutes qu'il n'y a rien.

Nous attendîmes, et, comme aucune lueur ne se jouait plus dans l'espace, je plaisantai :

– M'est avis que nous avons perdu notre temps. Quelques chiffres sur du papier, le butin est maigre.

Sans bouger de son divan, Lupin reprit :

– Ayez l'obligeance, mon cher, de remplacer chacun de ces chiffres par la lettre de l'alphabet qui lui correspond en comptant, n'est-ce pas, A comme 1, B comme 2, etc.

– Mais c'est idiot.

– Absolument idiot, mais on fait tant de choses idiotes dans la vie... Une de plus...

---

1. Croisée : fenêtre.

Je me résignai à cette besogne stupide, et je notai les premières lettres : S-U-R-T-O-U-T…

Je m'interrompis, étonné :

– Un mot ! m'écriai-je… Voici un mot qui se forme.

– Continuez donc, mon cher.

Et je continuai, et les lettres suivantes composèrent d'autres mots que je séparais les uns des autres, au fur et à mesure. Et, à ma grande stupéfaction, une phrase entière s'aligna sous mes yeux.

– Ça y est ? me dit Lupin, au bout d'un instant.

– Ça y est !… Par exemple, il y a des fautes d'orthographe.

– Ne vous occupez pas de cela, je vous prie… lisez lentement.

Alors je lus cette phrase inachevée, que je donne ici telle qu'elle m'apparut :

Surtout il faut fuire le danger, éviter les ataques, n'affronter les forces enemies qu'avec la plus grande prudance, et…

Je me mis à rire.

– Et voilà ! La lumière se fit ! Hein ! nous sommes éblouis de clartés ! Mais vraiment, Lupin, confessez que ce chapelet[1] de conseils, égrené[2] par une cuisinière, ne vous avance pas beaucoup.

Lupin se leva sans se départir de son mutisme[3] dédaigneux, et saisit la feuille de papier.

---

1. Chapelet : succession.
2. Égrené : débité à la suite.
3. Mutisme : silence, refus de parler.

Je me suis souvenu par la suite qu'un hasard, à ce moment, accrocha mes yeux à la pendule. Elle marquait cinq heures dix-huit.

Lupin cependant restait debout, la feuille à la main, et je pouvais constater à mon aise, sur son visage si jeune, cette extraordinaire mobilité d'expression qui déroute les observateurs les plus habiles et qui est sa grande force, sa meilleure sauvegarde. À quels signes se rattacher pour identifier un visage qui se transforme à volonté, sans même le secours des fards[1], et dont chaque expression passagère semble être l'expression définitive ?... À quels signes ? Il y en avait un que je connaissais, un signe immuable : deux petites rides en croix qui creusaient son front quand il donnait un violent effort d'attention. Et je la vis en cet instant, nette et profonde, la menue croix révélatrice.

Il reposa la feuille de papier et murmura :

– Enfantin !

Cinq heures et demie sonnaient.

– Comment ! m'écriai-je, vous avez réussi ? en douze minutes !

Il fit quelques pas de droite et de gauche dans la pièce, puis alluma une cigarette, et me dit :

– Ayez l'obligeance d'appeler au téléphone le baron Repstein et de le prévenir que je serai chez lui à dix heures du soir.

– Le baron Repstein ? demandai-je, le mari de la fameuse baronne ?

---

1. Fard : maquillage.

— Oui.
— C'est sérieux ?
— Très sérieux.

Absolument confondu[1], incapable de lui résister, j'ouvris l'annuaire du téléphone et décrochai l'appareil. Mais, à ce moment, Lupin m'arrêta d'un geste autoritaire, et il prononça, les yeux toujours fixés sur la feuille qu'il avait reprise :

— Non, taisez-vous... C'est inutile de le prévenir... Il y a quelque chose de plus urgent... quelque chose de bizarre et qui m'intrigue... Pourquoi diable cette phrase est-elle inachevée ? Pourquoi cette phrase est-elle...

Rapidement, il empoigna sa canne et son chapeau.

— Partons. Si je ne me trompe pas, c'est une affaire qui demande une solution immédiate, et je ne crois pas me tromper.

— Vous savez quelque chose ?

— Jusqu'ici, rien du tout.

Dans l'escalier, il passa son bras sous le mien et me dit :

— Je sais ce que tout le monde sait. Le baron Repstein, financier et sportsman[2], dont le cheval *Etna* a gagné cette année le Derby d'Epsom et le Grand Prix de Longchamp[3], le baron Repstein a été la victime de

---

1. Confondu : troublé, décontenancé.
2. Sportsman : pratiquant et amateur de sports, notamment du sport hippique (anglicisme).
3. Le Derby d'Epsom, en Angleterre, et le Grand Prix de Paris-Longchamp sont deux des plus prestigieuses courses hippiques de plat.

sa femme, laquelle femme, très connue pour ses cheveux blonds, ses toilettes et son luxe, s'est enfuie voilà quinze jours, emportant avec elle une somme de trois millions[1], volée à son mari, et toute une collection de diamants, de perles et de bijoux que la princesse de Berny lui avait confiée et qu'elle devait acheter. Depuis deux semaines, on poursuit la baronne à travers la France et l'Europe, ce qui est facile, la baronne semant l'or et les bijoux sur son chemin. À chaque instant, on croit l'arrêter. Avant-hier même, en Belgique, notre policier national, l'ineffable[2] Ganimard, cueillait, dans un grand hôtel, une voyageuse contre qui les preuves les plus irréfutables s'accumulaient. Renseignements pris, c'était une théâtreuse[3] notoire, Nelly Darbel. Quant à la baronne, introuvable. De son côté, le baron Repstein offre une prime de cent mille francs à qui fera retrouver sa femme. L'argent est entre les mains d'un notaire. En outre, pour désintéresser[4] la princesse de Berny, il vient de vendre en bloc son écurie de courses, son hôtel du boulevard Haussmann et son château de Roquencourt.

– Et le prix de la vente, ajoutai-je, doit être touché tantôt. Demain, disent les journaux, la princesse de Berny aura l'argent. Seulement, je ne vois pas, en vérité, le rapport qui existe entre cette histoire, que vous avez résumée à merveille, et la phrase énigmatique…

---

1. Il s'agit de francs-or ou de francs germinal (en argent).
2. Ineffable : qu'on ne saurait décrire sans rire.
3. Théâtreuse : actrice sans talent.
4. Désintéresser : indemniser.

Lupin ne daigna pas me répondre.

Nous avions suivi la rue que j'habitais et nous avions marché pendant cent cinquante ou deux cents mètres, lorsqu'il descendit du trottoir et se mit à examiner un immeuble, de construction déjà ancienne, et où devaient loger de nombreux locataires.

– D'après mes calculs, me dit-il, c'est d'ici que partaient les signaux, sans doute de cette fenêtre encore ouverte.

– Au troisième étage ?
– Oui.

Il se dirigea vers la concierge et lui demanda :

– Est-ce qu'un de vos locataires ne serait pas en relation avec le baron Repstein ?

– Comment donc ! Mais oui, s'écria la bonne femme, nous avons ce brave M. Lavernoux, qui est le secrétaire, l'intendant du baron. C'est moi qui fais son petit ménage.

– Et on peut le voir ?
– Le voir ? Il est bien malade, ce pauvre monsieur.
– Malade ?
– Depuis quinze jours… depuis l'aventure de la baronne. Il est rentré le lendemain avec la fièvre, et il s'est mis au lit.
– Mais il se lève ?
– Ah ! ça, j'sais pas.
– Comment, vous ne savez pas ?
– Non, son docteur défend qu'on entre dans sa chambre. Il m'a repris la clef.
– Qui ?

– Le docteur. C'est lui-même qui vient le soigner, deux ou trois fois par jour. Tenez, il sort de la maison, il n'y a pas vingt minutes… un vieux à barbe grise et à lunettes, tout cassé[1]… Mais où allez-vous, monsieur ?

– Je monte, conduisez-moi, dit Lupin, qui, déjà, avait couru jusqu'à l'escalier. C'est bien au troisième étage, à gauche ?

– Mais ça m'est défendu, gémissait la bonne femme en le poursuivant. Et puis, je n'ai pas la clef, puisque le docteur…

L'un derrière l'autre, ils montèrent les trois étages. Sur le palier, Lupin tira de sa poche un instrument, et, malgré les protestations de la concierge, l'introduisit dans la serrure. La porte céda presque aussitôt. Nous entrâmes.

Au bout d'une pièce obscure, on apercevait de la clarté qui filtrait par une porte entrebâillée. Lupin se précipita, et, dès le seuil, il poussa un cri :

– Trop tard ! Ah ! crebleu !

La concierge tomba à genoux, comme évanouie.

Ayant pénétré à mon tour dans la chambre, je vis sur le tapis un homme à moitié nu qui gisait, les jambes recroquevillées, les bras tordus, et la face toute pâle, une face amaigrie, sans chair, dont les yeux gardaient une expression d'épouvante, et dont la bouche se convulsait en un rictus[2] effroyable.

– Il est mort, fit Lupin, après un examen rapide.

---

1. Cassé : usé, fatigué.
2. Rictus : sourire grimaçant.

– Mais comment ? m'écriai-je, il n'y a pas trace de sang.

– Si, si, répondit Lupin, en montrant sur la poitrine, par la chemise entrouverte, deux ou trois gouttes rouges… Tenez, on l'aura saisi d'une main à la gorge, et de l'autre on l'aura piqué au cœur. Je dis « piqué », car vraiment la blessure est imperceptible. On croirait le trou d'une aiguille très longue.

Il regarda par terre, autour du cadavre. Il n'y avait rien qui attirât l'attention, rien qu'un petit miroir de poche, le petit miroir avec lequel M. Lavernoux s'amusait à faire danser dans l'espace des rayons de soleil.

Mais, soudain, comme la concierge se lamentait et appelait au secours, Lupin se jeta sur elle et la bouscula :

– Taisez-vous !… Écoutez-moi… Vous appellerez tout à l'heure… Écoutez-moi et répondez. C'est d'une importance considérable. M. Lavernoux avait un ami dans cette rue, n'est-ce pas ? à droite et sur le même côté… un ami intime ?

– Oui.

– Un ami qu'il retrouvait tous les soirs au café, et avec lequel il échangeait des journaux illustrés ?

– Oui.

– Son nom ?

– M. Dulâtre.

– Son adresse ?

– Au 92 de la rue.

– Un mot encore : ce vieux médecin, à barbe grise

et à lunettes, dont vous m'avez parlé, venait depuis longtemps ?

– Non. Je ne le connaissais pas. Il est venu le soir même où M. Lavernoux est tombé malade.

Sans en dire davantage, Lupin m'entraîna de nouveau, redescendit et, une fois dans la rue, tourna sur la droite, ce qui nous fit passer devant mon appartement. Quatre numéros plus loin, il s'arrêtait en face du 92, petite maison basse dont le rez-de-chaussée était occupé par un marchand de vins qui, justement, fumait sur le pas de sa porte, auprès du couloir d'entrée. Lupin s'informa si M. Dulâtre se trouvait chez lui.

– M. Dulâtre est parti, répondit le marchand… voilà peut-être une demi-heure… Il semblait très agité, et il a pris une automobile, ce qui n'est pas son habitude.

– Et vous ne savez pas…

– Où il se rendait ? Ma foi, il n'y a pas d'indiscrétion. Il a crié l'adresse assez fort ! « À la préfecture de Police[1] », qu'il a dit au chauffeur…

Lupin allait lui-même héler un taxi-auto, quand il se ravisa, et je l'entendis murmurer :

– À quoi bon, il a trop d'avance !…

Il demanda encore si personne n'était venu après le départ de M. Dulâtre.

– Si, un vieux monsieur à barbe grise et à lunettes qui est monté chez M. Dulâtre, qui a sonné et qui est reparti.

---

1. Préfecture de police de Paris : institution située sur l'île de la Cité, chargée à Paris et dans le département de la Seine de la sécurité des biens et des personnes.

– Je vous remercie, monsieur, dit Lupin en saluant.

Il se mit à marcher lentement, sans m'adresser la parole et d'un air soucieux. Il était hors de doute que le problème lui semblait fort difficile et qu'il ne voyait pas très clair dans les ténèbres où il paraissait se diriger avec tant de certitude.

D'ailleurs, lui-même m'avoua :

– Ce sont là des affaires qui nécessitent beaucoup plus d'intuition que de réflexion. Seulement, celle-ci vaut fichtre la peine qu'on s'en occupe !

Nous étions arrivés sur les boulevards. Lupin entra dans un cabinet de lecture[1] et consulta très longuement les journaux de la dernière quinzaine. De temps à autre, il marmottait :

– Oui… oui… Évidemment ce n'est qu'une hypothèse, mais elle explique tout… Or, une hypothèse qui répond à toutes les questions n'est pas loin d'être une vérité.

La nuit était venue, nous dînâmes dans un petit restaurant et je remarquai que le visage de Lupin s'animait peu à peu. Ses gestes avaient plus de décision[2]. Il retrouvait de la gaieté, de la vie. Quand nous partîmes, et durant le trajet qu'il me fit faire sur le boulevard Haussmann, vers le domicile du baron Repstein, c'était vraiment le Lupin des grandes occasions, le Lupin qui a résolu d'agir et de gagner la bataille.

Un peu avant la rue de Courcelles, notre allure se

---

1. Cabinet de lecture : établissement où le public pouvait, moyennant une faible somme d'argent, consulter et emprunter des journaux et des livres.
2. Décision : ici, netteté, précision.

ralentit. Le baron Repstein habitait à gauche, entre cette rue et le faubourg Saint-Honoré, un hôtel à trois étages dont nous pouvions apercevoir la façade enjolivée de colonnes et de cariatides[1].

– Halte ! dit Lupin tout à coup.
– Qu'y a-t-il ?
– Encore une preuve qui confirme mon hypothèse…
– Quelle preuve ? Je ne vois rien.
– Je vois… Cela suffit…

Il releva le col de son vêtement, rabattit les bords de son chapeau mou[2], et prononça :

– Crébleu ! le combat sera rude. Allez vous coucher, mon bon ami. Demain, je vous raconterai mon expédition… si toutefois elle ne me coûte pas la vie.

– Hein ?
– Eh ! eh ! je risque gros. D'abord, mon arrestation, ce qui est peu. Ensuite, la mort, ce qui est pis ! Seulement…

Il me prit violemment par l'épaule :

– Il y a une troisième chose que je risque, c'est d'empocher deux millions… Et quand j'aurai une première mise de deux millions, on verra de quoi je suis capable. Bonne nuit, mon cher, et si vous ne me revoyez pas…

Il déclama :

« *Plantez un saule au cimetière,*
J'aime son feuillage éploré[3]… »

---

1. Cariatide : statue de femme tenant lieu de colonne.
2. Chapeau mou : chapeau en feutre (étoffe épaisse).
3. Extrait de *Lucie*, poème d'Alfred de Musset (1850).

Je m'éloignai aussitôt. Trois minutes plus tard – et je continue le récit d'après celui qu'il voulut bien me faire le lendemain –, trois minutes plus tard, Lupin sonnait à la porte de l'hôtel Repstein.

– M. le baron est-il chez lui ?

– Oui, répondit le domestique, en examinant cet intrus d'un air étonné, mais M. le baron ne reçoit pas à cette heure-ci.

– M. le baron connaît l'assassinat de son intendant Lavernoux ?

– Certes.

– Eh bien, veuillez lui dire que je viens à propos de cet assassinat, et qu'il n'y a pas un instant à perdre.

Une voix cria d'en haut :

– Faites monter, Antoine.

Sur cet ordre émis de façon péremptoire[1], le domestique conduisit Lupin au premier étage. Une porte était ouverte au seuil de laquelle attendait un monsieur que Lupin reconnut pour avoir vu sa photographie dans les journaux, le baron Repstein, le mari de la fameuse baronne, et le propriétaire d'*Etna*, le cheval le plus célèbre de l'année.

C'était un homme très grand, carré d'épaules, dont la figure, toute rasée, avait une expression aimable, presque souriante, que n'atténuait pas la tristesse des yeux. Il portait des vêtements de coupe élégante, un gilet de velours marron, et, à sa cravate, une perle que Lupin estima d'une valeur considérable.

---

1. Péremptoire : qui n'admet aucune discussion.

Il introduisit Lupin dans son cabinet de travail, vaste pièce à trois fenêtres, meublée de bibliothèques, de casiers verts, d'un bureau américain et d'un coffre-fort. Et, tout de suite, avec un empressement visible, il demanda :

— Vous savez quelque chose ?

— Oui, monsieur le baron.

— Relativement à l'assassinat de ce pauvre Lavernoux ?

— Oui, monsieur le baron, et relativement aussi à Mme la baronne.

— Serait-ce possible ? Vite, je vous en supplie…

Il avança une chaise. Lupin s'assit, et commença :

— Monsieur le baron, les circonstances sont graves. Je serai rapide.

— Au fait ! Au fait !

— Eh bien, monsieur le baron, voici en quelques mots, et sans préambule. Tantôt, de sa chambre, Lavernoux, qui, depuis quinze jours, était tenu par son docteur en une sorte de réclusion, Lavernoux a… – comment dirais-je ? – a télégraphié certaines révélations à l'aide de signaux, que j'ai notés en partie, et qui m'ont mis sur la trace de cette affaire. Lui-même a été surpris au milieu de cette communication et assassiné.

— Mais par qui ? Par qui ?

— Par son docteur.

— Le nom de ce docteur ?

— Je l'ignore. Mais un des amis de M. Lavernoux, M. Dulâtre, celui-là précisément avec lequel il communiquait, doit le savoir, et il doit savoir également le sens exact et complet de la communication car, sans en attendre la fin, il a sauté dans une automobile et s'est fait conduire à la préfecture de Police.

— Pourquoi ? Pourquoi ?… et quel est le résultat de cette démarche ?

— Le résultat, monsieur le baron, c'est que votre hôtel est cerné. Douze agents se promènent sous vos fenêtres. Dès que le soleil sera levé, ils entreront au nom de la loi, et ils arrêteront le coupable.

— L'assassin de Lavernoux se cache donc dans cet hôtel ? Un de mes domestiques ? Mais non, puisque vous parlez d'un docteur !…

— Je vous ferai remarquer, monsieur le baron, que, en allant transmettre à la préfecture de Police les révélations de son ami Lavernoux, le sieur Dulâtre ignorait que son ami Lavernoux allait être assassiné. La démarche du sieur Dulâtre visait autre chose…

— Quelle chose ?

— La disparition de Mme la baronne, dont il connaissait le secret par la communication de Lavernoux.

— Quoi ! On sait enfin ! On a retrouvé la baronne ! Où est-elle ? Et l'argent qu'elle m'a extorqué[1] ?

Le baron Repstein parlait avec une surexcitation extraordinaire. Il se leva et, apostrophant[2] Lupin :

— Allez jusqu'au bout, monsieur. Il m'est impossible d'attendre davantage.

Lupin reprit d'une voix lente qui hésitait :

---

1. Extorqué : soutiré malhonnêtement.
2. Apostrophant : interpellant brutalement.

– C'est que… voilà… l'explication devient difficile… étant donné que nous partons d'un point de vue tout à fait opposé.

– Je ne comprends pas.

– Il faut pourtant que vous compreniez, monsieur le baron… Nous disons, n'est-ce pas – je m'en rapporte aux journaux –, nous disons que la baronne Repstein partageait le secret de toutes vos affaires, et qu'elle pouvait non seulement ouvrir ce coffre-fort, mais aussi celui du Crédit Lyonnais[1] où vous enfermiez toutes vos valeurs[2].

– Oui.

– Or, il y a quinze jours, un soir, tandis que vous étiez au cercle[3], la baronne Repstein, qui avait réalisé[4] toutes ces valeurs à votre insu, est sortie d'ici avec un sac de voyage où se trouvait votre argent, ainsi que tous les bijoux de la princesse de Berny ?

– Oui.

– Et depuis on ne l'a pas revue ?

– Non.

– Eh bien, il y a une excellente raison pour qu'on ne l'ait pas revue.

– Laquelle ?

– C'est que la baronne Repstein a été assassinée…

– Assassinée !… la baronne !… Mais vous êtes fou !

– Assassinée, et ce soir-là, tout probablement.

---

1. Crédit Lyonnais : première banque de dépôt française, fondée en 1863.
2. Valeur : titre financier, action cotée en Bourse, obligation.
3. Cercle : local d'une association, club.
4. Réalisé : transformé en argent liquide.

— Je vous répète que vous êtes fou ! Comment la baronne aurait-elle été assassinée, puisqu'on suit sa trace, pour ainsi dire, pas à pas ?...

— On suit la trace d'une autre femme.

— Quelle femme ?

— La complice de l'assassin.

— Et cet assassin ?

— Celui-là même qui, depuis quinze jours, sachant que Lavernoux, par la situation qu'il occupait dans cet hôtel, a découvert la vérité, le tient enfermé, l'oblige au silence, le menace, le terrorise ; celui-là même qui, surprenant Lavernoux en train de communiquer avec un de ses amis, le supprime froidement d'un coup de stylet[1] au cœur.

— Le docteur, alors ?

— Oui.

— Mais qui est ce docteur ? Quel est ce génie malfaisant, cet être infernal qui apparaît et disparaît, qui tue dans l'ombre et que nul ne soupçonne ?

— Vous ne devinez pas ?

— Non.

— Et vous voulez savoir ?

— Si je le veux ! Mais parlez donc !... Vous savez où il se cache ?

— Oui.

— Dans cet hôtel ?

— Oui.

— C'est lui que la police recherche ?

---

1. Stylet : poignard à lame très étroite.

– Oui.
– Qui est-ce ?
– Vous !
– Moi !…

Il n'y avait certes pas dix minutes que Lupin se trouvait en face du baron, et le duel commençait. L'accusation était portée, précise, violente, implacable.

Il répéta :
– Vous-même, affublé d'une fausse barbe et d'une paire de lunettes, courbé en deux comme un vieillard. Bref, vous, le baron Repstein, et c'est vous, pour une bonne raison à laquelle personne n'a songé, c'est que si ce n'est pas vous qui avez combiné toute cette machination, l'affaire est inexplicable. Tandis que, vous coupable, vous assassinant la baronne pour vous débarrasser d'elle et manger les millions avec une autre femme, vous assassinant votre intendant Lavernoux pour supprimer un témoin irrécusable[1] – oh ! alors, tout s'explique.

Le baron, qui, durant le début de l'entretien, demeurait incliné vers son interlocuteur, épiant chacune de ses paroles avec une avidité[2] fiévreuse, le baron s'était redressé et il regardait Lupin comme si, décidément, il avait affaire à un fou. Lorsque Lupin eut terminé son discours, il recula de deux ou trois pas, parut prêt à dire des mots que, en fin de compte, il ne prononça point, puis il se dirigea vers la cheminée et sonna.

---

1. Irrécusable : incontestable.
2. Avidité : grande attention.

Lupin ne fit pas un geste. Il attendait en souriant.

– Vous pouvez vous coucher, Antoine. Je reconduirai monsieur.

– Dois-je éteindre, monsieur ?

– Laissez le vestibule[1] allumé.

Antoine se retira, et aussitôt, le baron, ayant sorti de son bureau un revolver, revint auprès de Lupin, mit l'arme dans sa poche, et dit très calmement :

– Vous excuserez, monsieur, cette petite précaution, que je suis obligé de prendre au cas, d'ailleurs invraisemblable, où vous seriez devenu fou. Non, vous n'êtes pas fou. Mais vous venez ici dans un but que je ne m'explique pas, et vous avez lancé contre moi une accusation si stupéfiante que je suis curieux d'en connaître la raison.

Il avait une voix émue, et ses yeux tristes semblaient mouillés de larmes.

Lupin frissonna. S'était-il trompé ? L'hypothèse que son intuition lui avait suggérée et qui reposait sur une base fragile de petits faits, cette hypothèse était-elle fausse ? Un détail attira son attention : par l'échancrure du gilet, il aperçut la pointe de l'épingle fixée à la cravate du baron, et il constata ainsi la longueur insolite[2] de cette épingle. De plus, la tige d'or en était triangulaire, et formait comme un menu poignard, très fin, très délicat, mais redoutable en des mains expertes.

---

1. Vestibule : pièce d'entrée d'une maison ou d'un appartement.
2. Insolite : inhabituelle.

Et Lupin ne douta pas que l'épingle, ornée de la perle magnifique, n'eût été l'arme qui avait perforé le cœur de ce pauvre M. Lavernoux.

Il murmura :

– Vous êtes rudement fort, monsieur le baron.

L'autre, toujours grave, garda le silence comme s'il ne comprenait pas, et comme s'il attendait les explications auxquelles il avait droit. Et malgré tout, cette attitude impassible[1] troublait Arsène Lupin.

– Oui, rudement fort, car il est évident que la baronne n'a fait qu'obéir à vos ordres en réalisant vos valeurs, de même qu'en empruntant, pour les acheter, les bijoux de la princesse. Et il est évident que la personne qui est sortie de votre hôtel avec un sac de voyage n'était pas votre femme, mais une complice, votre amie, probablement, et que c'est votre amie qui se fait pourchasser volontairement à travers l'Europe par notre bon Ganimard. Et je trouve la combinaison merveilleuse. Que risque cette femme puisque c'est la baronne que l'on cherche ? Et comment chercherait-on une autre femme que la baronne, puisque vous avez promis une prime de cent mille francs à qui retrouverait la baronne ? Oh ! les cent mille francs déposés chez un notaire, quel coup de génie ! Ils ont ébloui la police. Ils ont bouché les yeux des plus perspicaces. Un monsieur qui dépose cent mille francs chez un notaire dit la vérité. Et l'on poursuit la baronne ! Et on vous laisse

---

1. Impassible : qui ne montre aucune émotion, imperturbable.

mijoter[1] tranquillement vos petites affaires, vendre au mieux votre écurie de courses et vos meubles, et préparer votre fuite ! Dieu ! que c'est drôle !

Le baron ne bronchait pas. Il s'avança vers Lupin et lui dit, toujours avec le même flegme[2] :

– Qui êtes-vous ?

Lupin éclata de rire :

– Quel intérêt cela peut-il avoir en l'occurrence ? Mettons que je sois l'envoyé du destin, et que je surgisse de l'ombre pour vous perdre !

Il se leva précipitamment, saisit le baron à l'épaule et lui jeta en mots saccadés :

– Ou pour te sauver, baron. Écoute-moi ! Les trois millions de la baronne, presque tous les bijoux de la princesse, l'argent que tu as touché aujourd'hui pour la vente de ton écurie et de tes immeubles, tout est là, dans ta poche ou dans ce coffre-fort. Ta fuite est prête. Tiens, derrière cette tenture, on aperçoit le cuir de ta valise. Les papiers de ton bureau sont en ordre. Cette nuit, tu filais à l'anglaise[3]. Cette nuit, bien déguisé, méconnaissable, toutes tes précautions prises, tu rejoignais ta maîtresse, celle pour qui tu as tué : Nelly Darbel, sans doute, que Ganimard arrêtait en Belgique. Un seul obstacle, soudain, imprévu, la police, les douze agents que les révélations de Lavernoux ont postés sous tes fenêtres. Tu es fichu ! Eh bien, je te sauve. Un coup de téléphone et, vers trois ou quatre heures du matin,

---

1. Mijoter : préparer discrètement et soigneusement.
2. Flegme : sang-froid, impassibilité.
3. Filais à l'anglaise : fuyais discrètement.

vingt de mes amis suppriment l'obstacle, escamotent les douze agents et, sans tambour ni trompette[1], on détale. Comme condition, préparer presque rien, une bêtise pour toi, le partage des millions et des bijoux. Ça colle[2] ?

Il était penché sur le baron et l'apostrophait avec une énergie irrésistible. Le baron chuchota :

– Je commence à comprendre, c'est du chantage…

– Chantage ou non, appelle ça comme tu veux, mon bonhomme, mais il faut que tu en passes par où j'ai décidé. Et ne crois pas que je flanche au dernier moment. Ne te dis pas : « Voilà un gentleman que la crainte de la police fera réfléchir. Si je joue gros jeu en refusant, lui, il risque également les menottes, la cellule, tout le diable et son train[3], puisque nous sommes traqués tous les deux comme des bêtes fauves. » Erreur, monsieur le baron. Moi, je m'en tire toujours. Il s'agit uniquement de toi… La bourse ou la vie, monseigneur. Part à deux, sinon… sinon, l'échafaud[4] ! Ça colle ?

Un geste brusque. Le baron se dégagea, empoigna son revolver et tira.

Mais Lupin prévoyait l'attaque, d'autant que le visage du baron avait perdu son assurance et pris peu à peu, sous une poussée lente de peur et de rage, une expression féroce, presque bestiale, qui annonçait la révolte, si longtemps contenue.

---

1. Sans tambour ni trompette : discrètement, sans bruit.
2. Ça colle : on est d'accord (familier).
3. Le diable et son train : une succession de difficultés, de dangers, de problèmes.
4. Échafaud : estrade en bois destinée à l'exécution des condamnés.

Deux fois il tira. Lupin se jeta de côté d'abord, puis s'abattit aux genoux du baron qu'il saisit par les jambes et fit basculer. D'un effort, le baron se dégagea. Les deux ennemis s'agrippèrent à bras-le-corps, et la lutte fut acharnée, sournoise, sauvage.

Tout à coup, Lupin sentit une douleur à la poitrine.

– Ah! canaille! hurla-t-il. C'est comme avec Lavernoux. L'épingle!...

Il se raidit désespérément, maîtrisa le baron et l'étreignit à la gorge, vainqueur enfin, et tout-puissant.

– Imbécile! Si tu n'avais pas abattu ton jeu[1], j'étais capable de lâcher la partie. T'as une telle figure d'honnête homme! Mais quels muscles, monseigneur! Un moment, j'ai bien cru... Seulement, cette fois, ça y est!... Allons, mon bon ami, donnez l'épingle et faites risette... Mais non, c'est une grimace, ça... Je serre trop fort, peut-être? Monsieur va tourner de l'œil? Alors, soyez sage... Bien, une toute petite ficelle autour des poignets... Vous permettez?... Mon Dieu, quel accord parfait entre nous! C'est touchant!... Au fond, tu sais, j'ai de la sympathie pour toi... Et maintenant, petit frère, attention! Et mille excuses!...

Il se dressa à demi et, de toutes ses forces, lui assena au creux de l'estomac un coup de poing formidable. L'autre râla, étourdi, sans connaissance.

– Voilà ce que c'est que de manquer de logique, mon bon ami, dit Lupin. Je t'offrais la moitié de tes richesses. Je ne t'accorde plus rien du tout... si tant

---

1. Abattu ton jeu : dévoilé tes intentions, ton plan.

est que je puisse avoir quelque chose. Car c'est là l'essentiel. Où le bougre a-t-il caché son magot ? Dans le coffre-fort ? Bigre, ça sera dur. Heureusement que j'ai toute la nuit…

Il se mit à fouiller les poches du baron, prit un trousseau de clefs, s'assura d'abord que la valise, dissimulée derrière la tenture, ne contenait pas les papiers et les bijoux, et se dirigea vers le coffre-fort.

Mais à ce moment, il s'arrêta court : il entendait du bruit quelque part. Les domestiques ? Impossible ! Leurs mansardes[1] se trouvaient au troisième étage. Il écouta. Le bruit provenait d'en bas. Et subitement il comprit : les agents, ayant perçu les deux détonations, frappaient à la grande porte sans attendre le lever du jour.

– Crebleu ! dit-il, je suis dans de beaux draps. Voilà ces messieurs maintenant… et à la minute même où nous allions recueillir le fruit de nos laborieux efforts. Voyons, voyons, Lupin, du sang-froid ! De quoi s'agit-il ? D'ouvrir en vingt secondes un coffre dont tu ignores le secret. Et tu perds la tête pour si peu ? Voyons, t'as qu'à le trouver, ce secret. Combien qu'il y a de lettres dans le mot ? Quatre ?

Il continuait à réfléchir tout en parlant et tout en écoutant les allées et venues de l'extérieur. Il ferma à double tour la porte de l'antichambre, puis il revint au coffre.

– Quatre chiffres… Quatre lettres… Quatre lettres… Qui diable pourrait me donner un petit coup

---

1. Mansarde : chambre aménagée sous un toit en pente.

de main ?... un petit bout de tuyau ?... Qui ? Mais Lavernoux, parbleu ! Ce bon Lavernoux, puisqu'il a pris la peine, au risque de ses jours, de faire de la télégraphie optique[1]... Dieu ! que je suis bête. Mais oui, mais oui, nous y sommes ! Crénom ! ça m'émeut. Lupin, tu vas compter jusqu'à dix et comprimer les battements trop rapides de ton cœur. Sinon, c'est de la mauvaise ouvrage[2].

Ayant compté jusqu'à dix, tout à fait calme, il s'agenouilla devant le coffre-fort. Il manœuvra les quatre boutons avec une attention minutieuse. Ensuite, il examina le trousseau de clefs, choisit l'une d'elles, puis une autre, et tenta vainement de les introduire.

– Au troisième coup l'on gagne, murmura-t-il, en essayant une troisième clef... Victoire ! Celle-ci marche ! Sésame, ouvre-toi[3] !

La serrure fonctionna. Le battant fut ébranlé. Lupin l'entraîna vers lui en reprenant le trousseau.

– À nous les millions, dit-il. Sans rancune, baron Repstein.

Mais, d'un bond, il sauta en arrière, avec un hoquet d'épouvante. Ses jambes vacillèrent sous lui. Les clefs s'entrechoquaient dans sa main fébrile avec un cliquetis sinistre. Et durant vingt, trente secondes, malgré le vacarme que l'on faisait en bas, et les sonneries électriques qui retentissaient à travers l'hôtel, il resta là,

---

1. Télégraphie optique : transmission de messages par signaux lumineux.
2. De la mauvaise ouvrage : un travail mal fait.
3. Sésame, ouvre-toi : formule magique utilisée par Ali Baba pour ouvrir sa caverne dans le conte Ali Baba et les quarante voleurs.

les yeux hagards[1], à contempler la plus horrible, la plus abominable vision : un corps de femme à moitié vêtu, courbé en deux dans le coffre, tassé comme un paquet trop gros... et des cheveux blonds qui pendaient... et du sang...

– La baronne ! bégaya-t-il, la baronne !... Oh ! le monstre !...

Il s'éveilla de sa torpeur, subitement, pour cracher à la figure de l'assassin et pour le marteler à coups de talon.

– Tiens, misérable !... Tiens, canaille ! Et avec ça, l'échafaud, le panier à son[2] !...

Cependant, aux étages supérieurs, des cris répondaient à l'appel des agents. Lupin entendit des pas qui dégringolaient l'escalier. Il était temps de songer à la retraite.

En réalité cela l'embarrassait peu. Durant son entretien avec le baron Repstein, il avait eu l'impression, tellement l'ennemi montrait de sang-froid, qu'il devait exister une issue particulière. Pourquoi, d'ailleurs, le baron eût-il engagé la lutte s'il n'avait été sûr d'échapper à la police ?

Lupin passa dans la chambre voisine. Elle donnait sur un jardin. À la minute même où les agents étaient introduits, il enjambait le balcon et se laissait glisser le long d'une gouttière. Il fit le tour des bâtiments. En face, il y avait un mur bordé d'arbustes. Il

---

1. Hagards : dont l'expression marque la surprise et la peur.
2. Panier à son : guillotine (argot).

s'engagea entre ce mur et les arbustes, et trouva une petite porte qu'il lui fut facile d'ouvrir avec une des clefs du trousseau. Dès lors, il n'eut qu'à franchir une cour, à traverser les pièces vides d'un pavillon, et, quelques instants plus tard, il se trouvait dans la rue du Faubourg-Saint-Honoré. Bien entendu – et de cela il ne doutait point –, la police n'avait pas prévu cette issue secrète.

– Eh bien, qu'en dites-vous, du baron Repstein ? s'écria Lupin, après m'avoir raconté tous les détails de cette nuit tragique. Hein ! Quel immonde personnage ! Et comme il faut parfois se défier des apparences ! Je vous jure que celui-là avait l'air d'un véritable honnête homme !

Je lui demandai :

– Mais… les millions ? Les bijoux de la princesse ?

– Ils étaient dans le coffre. Je me rappelle très bien avoir aperçu le paquet.

– Alors ?

– Ils y sont toujours.

– Pas possible !

– Ma foi, oui. Je pourrais vous dire que j'ai eu peur des agents, ou bien alléguer[1] une délicatesse subite. La vérité est plus simple… et plus prosaïque[2]… Ça sentait trop mauvais !…

– Quoi ?

---

1. Alléguer : prétexter.
2. Prosaïque : banale, terre à terre.

— Oui, mon cher, l'odeur qui se dégageait de ce coffre, de ce cercueil... Non, je n'ai pas pu... la tête m'a tourné... Une seconde de plus, je me trouvais mal. Est-ce assez idiot ? Tenez, voilà tout ce que j'ai rapporté de mon expédition, l'épingle de cravate. La perle vaut au bas mot cinquante mille francs... Mais, tout de même, je vous l'avoue, je suis fichtrement vexé. Quelle gaffe !

— Encore une question, repris-je. Le mot du coffre-fort ?

— Eh bien ?

— Comment l'avez-vous deviné ?

— Oh ! très facilement. Je m'étonne même de n'y avoir pas songé plus tôt.

— Bref ?

— Il était contenu dans les révélations télégraphiées par ce pauvre Lavernoux.

— Hein ?

— Voyons, mon cher, les fautes d'orthographe...

— Les fautes d'orthographe ?

— Crebleu ! mais elles sont voulues. Serait-il admissible que le secrétaire, que l'intendant du baron, fît des fautes d'orthographe et qu'il écrivît *fuire* avec un *e* final, *ataque* avec un seul *t*, *enemies* avec un seul *n* et *prudance* avec un *a* ? Moi, cela m'a frappé aussitôt. J'ai réuni les quatre lettres, et j'ai obtenu le mot ETNA, le nom du fameux cheval.

— Et ce seul mot a suffi ?

— Parbleu ! Il a suffi, d'abord, pour me lancer sur la piste de l'affaire Repstein, dont tous les journaux parlaient, et ensuite, pour faire naître en moi l'hypothèse que c'était là le mot du coffre-fort, puisque, d'une part, Lavernoux connaissait le contenu macabre du coffre-fort, et que, de l'autre, il dénonçait le baron. Et c'est ainsi, également, que j'ai été conduit à supposer que Lavernoux avait un ami dans la rue, qu'ils fréquentaient tous deux le même café, qu'ils s'amusaient à déchiffrer les problèmes et les devinettes cryptographiques[1] des journaux illustrés, et qu'ils s'ingéniaient à correspondre télégraphiquement d'une fenêtre à l'autre.

– Et voilà, m'écriai-je, c'est tout simple !

– Très simple. Et l'aventure prouve une fois de plus qu'il y a, dans la découverte des crimes, quelque chose de bien supérieur à l'examen des faits, à l'observation, déduction, raisonnement et autres balivernes[2], c'est, je le répète, l'intuition... l'intuition et l'intelligence... Et Arsène, sans se vanter, ne manque ni de l'une ni de l'autre.

---

1. Cryptographiques : utilisant un langage secret, chiffré.
2. Baliverne : propos sans intérêt, souvent mensonger.

2
L'anneau nuptial

Yvonne d'Origny embrassa son fils et lui recommanda d'être bien sage.

– Tu sais que ta grand-mère d'Origny n'aime pas beaucoup les enfants. Pour une fois qu'elle te fait venir chez elle, il faut lui montrer que tu es un petit garçon raisonnable.

Et s'adressant à la gouvernante[1] :

– Surtout, *Fraülein*[2], ramenez-le tout de suite après le dîner… Monsieur est encore ici ?

– Oui, madame, M. le comte est dans son cabinet de travail.

Aussitôt seule, Yvonne d'Origny marcha vers la fenêtre afin d'apercevoir son fils dès qu'il serait dehors. En effet, au bout d'un instant, il sortit de l'hôtel, leva la tête et lui envoya des baisers comme chaque jour. Puis sa gouvernante lui prit la main d'un geste dont Yvonne remarqua, avec étonnement, la brusquerie[3] inaccoutumée. Elle se pencha davantage et, comme l'enfant gagnait l'angle du boulevard, elle vit soudain un homme qui descendait d'une automobile et qui

---

1. Gouvernante : personne chargée de la garde et de l'éducation d'un ou plusieurs enfants.
2. *Fraülein* : mademoiselle, en allemand.
3. Brusquerie : brutalité.

s'approchait de lui. Cet homme – elle reconnut Bernard, le domestique de confiance de son mari –, cet homme saisit l'enfant par le bras, le fit monter dans l'automobile ainsi que la gouvernante, et donna l'ordre au chauffeur de s'éloigner.

Tout cela n'avait pas duré dix secondes.

Yvonne, bouleversée, courut jusqu'à la chambre, empoigna un vêtement et se dirigea vers la porte.

La porte était fermée à clef, et il n'y avait point de clef sur la serrure.

En hâte elle retourna dans son boudoir[1].

La porte de son boudoir était fermée également.

Tout de suite, l'image de son mari la heurta, cette figure sombre qu'aucun sourire n'éclairait jamais, ce regard impitoyable où, depuis des années, elle sentait tant de rancune et de haine.

« C'est lui !… C'est lui !… se dit-elle… Il a pris l'enfant… Ah ! c'est horrible ! »

À coups de poing, à coups de pied, elle frappa la porte, puis bondit vers la cheminée et sonna, sonna éperdument.

Du haut en bas de l'hôtel, le timbre[2] vibra. Les domestiques allaient venir. Des passants peut-être s'ameuteraient[3] dans la rue. Et elle pressait le bouton avec un espoir forcené.

Un bruit de serrure. La porte s'ouvrit violemment. Le comte apparut au seuil du boudoir. Et l'expression

---

1. Boudoir : petit salon élégant réservé à l'usage de la maîtresse de maison.
2. Timbre : sonnette.
3. S'ameuteraient : s'attrouperaient pour réagir.

de son visage était si terrible qu'Yvonne se mit à trembler.

Il s'avança. Cinq ou six pas le séparaient d'elle. Dans un effort suprême, elle tenta un mouvement, mais il lui fut impossible de bouger, et comme elle cherchait à prononcer des paroles, elle ne put qu'agiter ses lèvres et qu'émettre des sons incohérents. Elle se sentit perdue. L'idée de la mort la bouleversa. Ses genoux fléchirent, et elle s'affaissa sur elle-même avec un gémissement.

Le comte se précipita et la saisit à la gorge.

– Tais-toi… n'appelle pas…, disait-il d'une voix sourde, cela vaut mieux pour toi…

Voyant qu'elle n'essayait pas de se défendre, il desserra son étreinte et sortit de sa poche des bandes de toile toutes prêtes et de longueurs différentes. En quelques minutes la jeune femme eut les bras attachés le long du corps, et fut étendue sur un divan.

L'ombre avait envahi le boudoir. Le comte alluma l'électricité et se dirigea vers un petit secrétaire où Yvonne avait l'habitude de ranger ses lettres. Ne parvenant pas à l'ouvrir, il le fractura à l'aide d'un crochet de fer, vida les tiroirs, et, de tous les papiers, fit un monceau qu'il emporta dans un carton.

– Du temps perdu, n'est-ce pas ? ricana-t-il. Rien que des factures et des lettres insignifiantes… Aucune preuve contre toi… Bah ! N'empêche que je garde mon fils, et je jure Dieu que je ne le lâcherai pas !

Comme il s'en allait, il fut rejoint près de la porte par son domestique Bernard. Ils conversèrent tous deux à voix basse, mais Yvonne entendit ces mots que prononçait le domestique :

– J'ai reçu la réponse de l'ouvrier bijoutier. Il est à ma disposition.

Et le comte répliqua :

– La chose est remise à demain midi. Ma mère vient de me téléphoner qu'elle ne pouvait venir auparavant.

Ensuite Yvonne perçut le cliquetis de la serrure et le bruit des pas qui descendaient jusqu'au rez-de-chaussée où se trouvait le cabinet de travail de son mari.

Elle demeura longtemps inerte[1], le cerveau en déroute, avec des idées vagues et rapides qui la brûlaient au passage, comme des flammes. Elle se rappelait la conduite indigne[2] du comte d'Origny, ses procédés humiliants envers elle, ses menaces, ses projets de divorce, et elle comprenait peu à peu qu'elle était la victime d'une véritable conspiration[3], que les domestiques, sur l'ordre de leur maître, avaient congé jusqu'au lendemain soir, que la gouvernante, sur l'ordre du comte et avec la complicité de Bernard, avait emmené son fils, et que son fils ne reviendrait pas, et qu'elle ne le reverrait jamais !...

– Mon fils ! cria-t-elle, mon fils !...

Exaspérée par la douleur, de tous ses nerfs, de tous ses muscles, elle se raidit, en un effort brutal. Elle fut

---

1. Inerte : sans réaction.
2. Indigne : odieuse, déshonorante.
3. Conspiration : entente secrète entre des personnes, dirigée contre quelqu'un ou quelque chose.

stupéfaite : sa main droite conservait une certaine liberté.

Alors un espoir fou la pénétra, et patiemment, lentement, elle commença l'œuvre de délivrance.

Ce fut long. Il lui fallut beaucoup de temps pour élargir le nœud suffisamment, et beaucoup de temps ensuite, quand sa main fut dégagée, pour défaire les liens qui nouaient le haut de ses bras à son buste, puis ceux qui emprisonnaient ses chevilles.

Cependant l'idée de son fils la soutenait, et, comme la pendule frappait huit coups, la dernière entrave tomba. Elle était libre !

À peine debout, elle se rua sur la fenêtre et tourna l'espagnolette[1] avec l'intention d'appeler le premier passant venu. Justement, un agent de police se promenait sur le trottoir. Elle se pencha. Mais l'air vif de la nuit l'ayant frappée au visage, plus calme, elle songea au scandale, à l'enquête, aux interrogatoires, à son fils. Mon Dieu ! Mon Dieu ! Que faire pour le reprendre ? Par quels moyens s'échapper ? Au moindre bruit, le comte pouvait survenir. Et qui sait si, dans un mouvement de rage...

Des pieds à la tête elle frissonnait, prise d'une épouvante subite. L'horreur de la mort se mêlait, en son pauvre cerveau, à la pensée de son fils, et elle bégaya, la gorge étranglée :

– Au secours !... Au secours !...

Elle s'arrêta net, et redit tout bas, à plusieurs reprises :

---

1. Espagnolette : poignée de la fenêtre.

« Au secours !... Au secours !... » comme si ce mot éveillait en elle une idée, une réminiscence[1], et que l'attente d'un secours ne lui parût pas une chose impossible. Durant quelques minutes, elle resta absorbée en une méditation profonde, coupée de pleurs et de tressaillements. Puis, avec des gestes pour ainsi dire mécaniques, elle allongea le bras vers une petite bibliothèque suspendue au-dessus du secrétaire, saisit les uns après les autres quatre livres qu'elle feuilleta distraitement et remit en place et finit par trouver entre les pages du cinquième une carte de visite où ses yeux épelèrent ces deux mots : *Horace Velmont*, et cette adresse écrite au crayon : *Cercle de la rue Royale*[2].

Et sa mémoire évoqua la phrase bizarre que cet homme lui avait dite quelques années auparavant en ce même hôtel, un jour de réception :

– Si jamais un péril vous menace, si vous avez besoin de secours, n'hésitez pas, jetez à la poste cette carte que je mets dans ce livre et quelle que soit l'heure, quels que soient les obstacles, je viendrai.

Avec quel air étrange il avait prononcé une telle phrase, et comme il donnait l'impression de la certitude, de la force, de la puissance illimitée, de l'audace indomptable !

Brusquement, inconsciemment, sous la poussée d'une décision irrésistible et dont elle se refusait à prévoir les conséquences, Yvonne, avec ses mêmes

---

1. Réminiscence : vague souvenir.
2. Cercle de la rue Royale : club masculin réservé à l'aristocratie et à la haute bourgeoisie, installé à l'hôtel de Coislin, place de la Concorde à Paris.

gestes d'automate, prit une enveloppe pneumatique[1], introduisit la carte de visite, cacheta, inscrivit les deux lignes : *Horace Velmont, Cercle de la rue Royale* et s'approcha de la fenêtre entrebâillée. Dehors l'agent de police déambulait. Elle lança l'enveloppe, la confiant au hasard. Peut-être ce chiffon de papier serait-il ramassé, et, comme une lettre égarée, mis à la poste.

Elle n'avait pas accompli cet acte qu'elle en saisit toute l'absurdité. Il était fou de supposer que le message irait à son adresse, et plus fou encore d'espérer que l'homme qu'elle appelait pourrait venir à son secours, *quelle que fût l'heure et quels que fussent les obstacles.*

Une réaction se produisit, d'autant plus vive que l'effort avait été plus rapide et plus brutal. Yvonne chancela, s'appuya contre un fauteuil et se laissa tomber, à bout d'énergie.

Alors le temps s'écoula, le temps morne des soirées d'hiver où les voitures interrompent seules le silence de la rue. La pendule sonnait, implacable. Dans le demi-sommeil qui l'engourdissait, la jeune femme en comptait les tintements. Elle percevait aussi certains bruits à différents étages de la maison, et savait de la sorte que son mari avait dîné, qu'il montait jusqu'à sa chambre et redescendait dans son cabinet de travail. Mais tout cela lui semblait très vague, et sa torpeur était telle qu'elle ne songeait même pas à s'étendre sur le divan, pour le cas où il entrerait...

---

1. Enveloppe pneumatique : enveloppe destinée à contenir un message expédié par un réseau de tubes à air comprimé entre deux postes parisiennes.

Les douze coups de minuit… Puis la demie… Puis une heure… Yvonne ne réfléchissait à rien, attendant les événements qui se préparaient et contre lesquels toute rébellion était inutile. Elle se représentait son fils et elle-même, comme on se représente ces êtres qui ont beaucoup souffert et qui ne souffrent plus, et qui s'enlacent de leurs bras affectueux. Mais un cauchemar la secoua. Voilà que, ces deux êtres, on voulait les arracher l'un à l'autre, et elle avait la sensation affreuse, en son délire, qu'elle pleurait, et qu'elle râlait…

D'un mouvement, elle se dressa. La clef venait de tourner dans la serrure. Attiré par ses cris, le comte allait apparaître. Du regard, Yvonne chercha une arme pour se défendre. Mais la porte fut poussée, et, stupéfaite, comme si le spectacle qui s'offrait à ses yeux lui eût semblé le prodige[1] le plus inexplicable, elle balbutia :

– Vous !… Vous !…

Un homme s'avançait vers elle, en habit, son macfarlane et son claque[2] sous le bras, et cet homme jeune, de taille mince, élégant, elle l'avait reconnu, c'était Horace Velmont.

– Vous ! répéta-t-elle.

Il dit en la saluant :

– Je vous demande pardon, madame, votre lettre ne m'a été remise que tard.

---

1. Prodige : événement extraordinaire, magique.
2. Macfarlane, claque : un macfarlane est un manteau ample, sans manches ; un claque est un chapeau haut de forme que l'on peut plier et déplier à l'aide d'un ressort.

– Est-ce possible ! Est-ce possible que ce soit vous !… que vous ayez pu !…

Il parut très étonné.

– N'avais-je pas promis de me rendre à votre appel.

– Oui… mais…

– Eh bien, me voici, dit-il en souriant.

Il examina les bandes de toile dont Yvonne avait réussi à se délivrer et hocha la tête, tout en continuant son inspection.

– C'est donc là les moyens que l'on emploie ? Le comte d'Origny, n'est-ce pas ?… J'ai vu également qu'il vous avait emprisonnée… Mais alors, le pneumatique ?… Ah ! par cette fenêtre… Quelle imprudence de ne pas l'avoir refermée !

Il poussa les deux battants. Yvonne s'effara.

– Si l'on entendait ?

– Il n'y a personne dans l'hôtel. Je l'ai visité.

– Cependant…

– Votre mari est sorti depuis dix minutes.

– Où est-il ?

– Chez sa mère, la comtesse d'Origny.

– Comment le savez-vous ?

– Oh ! très simplement. Il a reçu un coup de téléphone lui annonçant que sa mère était malade. Comme je l'avais prévu, puisque c'est moi qui ai téléphoné, le comte est sorti précipitamment, suivi de son domestique. Aussitôt, à l'aide de clefs spéciales, je suis entré.

Il racontait cela le plus naturellement du monde, de même que l'on raconte, dans un salon, une petite anecdote insignifiante. Mais Yvonne demanda, reprise d'une inquiétude soudaine :

– Alors, ce n'est pas vrai ?... Sa mère n'est pas malade ?... En ce cas, mon mari va revenir...

– Certes, le comte s'apercevra qu'on s'est joué de lui, et, d'ici trois quarts d'heure au plus...

– Partons... Je ne veux pas qu'il me retrouve ici... Je rejoins mon fils.

– Un instant...

– Un instant !... Mais vous ne savez donc pas qu'on me l'enlève ? qu'on lui fait du mal, peut-être ?

La figure contractée, les gestes fébriles, elle cherchait à repousser Velmont. Avec beaucoup de douceur, il la contraignit à s'asseoir, et, incliné sur elle, d'attitude respectueuse, il prononça d'un ton grave :

– Écoutez-moi, madame, et ne perdons pas un temps dont chaque minute est précieuse. Tout d'abord, rappelez-vous ceci : Nous nous sommes rencontrés quatre fois, il y a six ans... Et la quatrième fois, dans les salons de cet hôtel, comme je vous parlais avec trop... comment dirais-je ? avec trop d'émotion, vous m'avez fait sentir que mes visites vous déplaisaient. Depuis, je ne vous ai pas revue. Et pourtant, malgré tout, votre confiance en moi était telle que vous avez conservé la carte que j'avais mise entre les pages de ce livre, et que, six ans après, c'est moi, et pas un autre, que vous avez appelé. Cette confiance, je vous la demande encore. Il faut m'obéir aveuglément. De même que je suis venu à travers tous les obstacles, de même je vous sauverai, quelle que soit la situation.

La tranquillité d'Horace Velmont, sa voix impérieuse[1] aux intonations amicales, apaisaient peu à peu la jeune femme. Toute faible encore, elle éprouvait de nouveau, en face de cet homme, une impression de détente et de sécurité.

– N'ayez aucune peur, reprit-il. La comtesse d'Origny habite à l'extrémité du bois de Vincennes. En admettant que votre mari trouve une auto, il est impossible qu'il soit de retour avant trois heures et quart. Or il est deux heures trente-cinq. Je vous jure qu'à trois heures exactement nous partirons et que je vous conduirai vers votre fils. Mais je ne veux pas partir avant de tout savoir.

– Que dois-je faire ? dit-elle.

– Me répondre, et très nettement. Nous avons vingt minutes. C'est assez. Ce n'est pas trop.

– Interrogez-moi.

– Croyez-vous que le comte ait eu des projets criminels ?

– Non.

– Il s'agit donc de votre fils ?

– Oui.

– Il vous l'enlève, n'est-ce pas, parce qu'il veut divorcer et épouser une autre femme, une de vos anciennes amies, que vous avez chassée de votre maison ?... Oh ! je vous en conjure, répondez-moi sans détours. Ce sont là des faits de notoriété publique[2], et votre hésitation,

---

1. Impérieuse : autoritaire, qui n'admet aucune résistance.
2. De notoriété publique : connus du plus grand nombre.

vos scrupules, tout doit cesser actuellement, puisqu'il s'agit de votre fils. Ainsi donc, votre mari veut épouser une autre femme ?

— Oui.

— Cette femme n'a pas d'argent. De son côté, votre mari, qui s'est ruiné, n'a d'autres ressources que la pension qui lui est servie par sa mère, la comtesse d'Origny, et les revenus de la grosse fortune que votre fils a héritée de deux de vos oncles. C'est cette fortune que votre mari convoite et qu'il s'approprierait plus facilement si l'enfant lui était confié. Un seul moyen : le divorce. Je ne me trompe pas ?

— Non.

— Ce qui l'arrêtait jusqu'ici, c'était votre refus ?

— Oui, et celui de ma belle-mère dont les sentiments religieux s'opposent au divorce. La comtesse d'Origny ne céderait que dans le cas…

— Que dans le cas ?…

— Où l'on pourrait prouver que ma conduite est indigne.

Velmont haussa les épaules.

— Donc il ne peut rien contre vous ni contre votre fils. Au point de vue légal, comme au point de vue de ses intérêts, il se heurte à un obstacle qui est le plus insurmontable de tous, la vertu d'une honnête femme[1]. Et cependant voilà que, tout d'un coup, il engage la lutte.

— Que voulez-vous dire ?

---

1. La vertu d'une honnête femme : la fidélité d'une femme dont la conduite est moralement irréprochable.

– Je veux dire que, si un homme comme le comte, après tant d'hésitations et malgré tant d'impossibilités, se risque dans une aventure aussi incertaine, c'est qu'il a, ou qu'il croit avoir entre les mains, des armes.

– Quelles armes ?

– Je l'ignore. Mais elles existent… Sans quoi il n'eût pas commencé par prendre votre fils.

Yvonne se désespéra.

– C'est horrible… Est-ce que je sais, moi, ce qu'il a pu faire !… Ce qu'il a pu inventer !…

– Cherchez bien… Rappelez vos souvenirs… Tenez, dans ce secrétaire qu'il a fracturé, il n'y avait pas une lettre qu'il fût possible de retourner contre vous ?

– Aucune.

– Et dans les paroles qu'il vous a dites, dans ses menaces, il n'y a rien qui vous permette de deviner ?…

– Rien.

– Pourtant… Pourtant…, répéta Velmont, il doit y avoir quelque chose…

Et il reprit :

– Le comte n'a pas un ami plus intime… auquel il se confie ?

– Non.

– Personne n'est venu le voir hier ?

– Personne.

– Il était seul quand il vous a liée et enfermée ?

– À ce moment, oui.

– Mais après ?

– Après, son domestique l'a rejoint près de la porte, et j'ai entendu qu'ils parlaient d'un ouvrier bijoutier…

– C'est tout ?

– Et d'une chose qui aurait lieu le lendemain, c'est-à-dire aujourd'hui, à midi, parce que la comtesse d'Origny ne pouvait venir auparavant.

Velmont réfléchit.

– Cette conversation a-t-elle un sens qui vous éclaire sur les projets de votre mari ?

– Je n'en vois pas…

– Où sont vos bijoux ?

– Mon mari les a vendus.

– Il ne vous en reste pas un seul ?

– Non.

– Pas même une bague ?

– Non, dit-elle en montrant ses mains, rien que cet anneau.

– Qui est votre anneau de mariage ?

– Qui est… mon anneau…

Elle s'arrêta, interdite. Velmont nota qu'elle rougissait, et il l'entendit balbutier :

– Serait-ce possible ?… Mais non… Mais non. Il ignore…

Velmont la pressa de questions aussitôt, et Yvonne se taisait, immobile, le visage anxieux. À la fin, elle répondit, à voix basse :

– Ce n'est pas mon anneau de mariage. Un jour, il y a longtemps, je l'ai fait tomber de la cheminée de ma chambre, où je l'avais mis une minute auparavant, et, malgré toutes mes recherches, je n'ai pu le retrouver. Sans rien dire, j'en ai commandé un autre… que voici à ma main.

– Le véritable anneau portait la date de votre mariage ?
– Oui… 23 octobre.
– Et le second ?
– Celui-ci ne porte aucune date.

Il sentit en elle une légère hésitation et un trouble qu'elle ne cherchait d'ailleurs pas à dissimuler.

– Je vous en supplie, s'écria-t-il, ne me cachez rien… Vous voyez le chemin que nous avons parcouru en quelques minutes, avec un peu de logique et de sang-froid. Continuons, je vous le demande en grâce[1].

– Êtes-vous sûr, dit-elle, qu'il soit nécessaire ?…

– Je suis sûr que le moindre détail a son importance et que nous sommes près d'atteindre le but. Mais il faut se hâter. L'heure est grave.

– Je n'ai rien à cacher, fit-elle en relevant la tête. C'était à l'époque la plus misérable et la plus dangereuse de ma vie. Humiliée chez moi, dans le monde j'étais entourée d'hommages, de tentations, de pièges, comme toute femme qu'on voit abandonnée de son mari. Alors, je me suis souvenue… Avant mon mariage, un homme m'avait aimée, dont j'avais deviné l'amour impossible et qui, depuis, est mort. J'ai fait graver le nom de cet homme, et j'ai porté cet anneau comme on porte un talisman[2]. Il n'y avait pas d'amour en moi puisque j'étais la femme d'un autre. Mais dans le secret

---

1. En grâce : comme une faveur, avec force.
2. Talisman : objet auquel on attribue des vertus magiques de pouvoir, de protection.

de mon cœur, il y eut un souvenir, un rêve meurtri, quelque chose de doux qui me protégeait...

Elle s'était exprimée lentement, sans embarras, et Velmont ne douta pas une seconde qu'elle n'eût dit l'absolue vérité. Comme il se taisait, elle redevint anxieuse et lui demanda :

— Est-ce que vous supposez que mon mari ?...

Il lui prit la main, et prononça, tout en examinant l'anneau d'or :

— L'énigme est là. Votre mari, je ne sais comment, connaît la substitution. À midi, sa mère viendra. Devant témoins, il vous obligera d'ôter votre bague, et de la sorte, il pourra, en même temps que l'approbation de sa mère, obtenir le divorce, puisqu'il aura la preuve qu'il cherchait.

— Je suis perdue, gémit-elle, je suis perdue !

— Vous êtes sauvée, au contraire ! Donnez-moi cette bague... et tantôt, c'est une autre qu'il trouvera, une autre que je vous ferai parvenir avant midi, et qui portera la date du 23 octobre. Ainsi...

Il s'interrompit brusquement. Tandis qu'il parlait, la main d'Yvonne s'était glacée dans la sienne, et, ayant levé les yeux, il vit que la jeune femme était pâle, affreusement pâle.

— Qu'y a-t-il ?... Je vous en prie...

Elle eut un accès de désespoir fou.

— Il y a... Il y a que je suis perdue ! Il y a que je ne peux l'ôter, cet anneau ! Il est devenu trop petit !... Comprenez-vous ? Cela n'avait pas d'importance, et je n'y pensais pas... Mais aujourd'hui... Cette preuve...

Cette accusation... Ah! quelle torture! Regardez... Il fait partie de mon doigt... Il est incrusté dans ma chair... et je ne peux pas... je ne peux pas.

Elle tirait vainement de toutes ses forces, au risque de se blesser. Mais la chair se gonflait autour de l'anneau, et l'anneau ne bougeait point.

– Ah! balbutia-t-elle, étreinte par une idée qui la terrifia... Je me souviens, l'autre nuit... un cauchemar que j'ai eu... Il me semblait que quelqu'un entrait dans ma chambre et s'emparait de ma main. Et je ne pouvais pas me réveiller... C'était lui! c'était lui! Il m'avait endormie, j'en suis sûre... Et il regardait la bague... Et tantôt il me l'arrachera devant sa mère... Ah! je comprends tout... Cet ouvrier bijoutier... c'est lui qui me la coupera à même la main... Vous voyez... Je suis perdue...

Elle se cacha la tête et se mit à pleurer. Mais dans le silence, la pendule sonna une fois, et puis une autre fois, et une fois encore. Et Yvonne se redressa d'un bond.

– Le voilà! cria-t-elle. Il va venir... Il va venir... Il est trois heures... Allons-nous-en...

– Vous ne partirez pas.

– Mon fils... Je veux le voir, le reprendre...

– Savez-vous seulement où il est?

– Je veux partir!

– Vous ne partirez pas!... Ce serait de la folie.

Il la saisit aux poignets. Elle voulut se dégager, et Velmont dut apporter une certaine brusquerie pour vaincre sa résistance. À la fin, il réussit à la ramener vers le divan, puis à l'étendre, et, tout de suite, sans prêter attention à ses plaintes, il reprit les bandes de toile et lui attacha les bras et les chevilles.

– Oui, disait-il, ce serait de la folie ! Qui vous aurait délivrée ? Qui vous aurait ouvert cette porte ? Un complice ? Quel argument contre vous, et comme votre mari s'en servirait auprès de sa mère ! Et puis, à quoi bon ? Vous enfuir, c'est accepter le divorce... et sait-on jamais le dénouement ?... Il faut rester ici.

Elle sanglotait.

– J'ai peur... J'ai peur... Cet anneau me brûle... Brisez-le... Brisez-le... Emportez-le... Qu'on ne le retrouve pas !...

– Et si l'on ne le retrouve pas à votre doigt, qui l'aurait brisé ? Toujours un complice... Non, il faut affronter la lutte, et vaillamment, puisque je réponds de tout... Croyez en moi... Je réponds de tout... Dussé-je m'attaquer à la comtesse d'Origny et retarder ainsi l'entrevue... dussé-je venir moi-même avant midi, c'est l'anneau nuptial que l'on arrachera de votre doigt... je vous le jure... et votre fils vous sera rendu...

Dominée, soumise, Yvonne, par instinct, s'offrait elle-même aux entraves. Quand il se releva, elle était liée comme auparavant.

Il inspecta la pièce pour s'assurer qu'aucune trace ne demeurait de son passage. Puis il s'inclina de nouveau sur la jeune femme et murmura :

– Pensez à votre fils, et, quoi qu'il arrive, ne craignez rien... je veille sur vous...

Elle l'entendit ouvrir et refermer la porte du boudoir, puis, quelques minutes après, la porte de la rue.

À trois heures et demie, une automobile s'arrêtait. La porte, en bas, claqua de nouveau, et presque aussitôt Yvonne aperçut son mari qui entrait rapidement, l'air furieux. Il courut vers elle, s'assura qu'elle était toujours attachée, et, s'emparant de sa main, examina la bague. Yvonne s'évanouit…

Elle ne sut pas au juste, en se réveillant, combien de temps elle avait dormi. Mais la clarté du grand jour pénétrait dans le boudoir, et elle constata, au premier mouvement qu'elle fit, que les bandes de toile étaient coupées. Alors elle tourna la tête et vit auprès d'elle son mari qui la regardait.

– Mon fils… mon fils…, gémit-elle, je veux mon fils…

Il répliqua, d'une voix dont elle sentit la raillerie[1] :

– Notre fils est en lieu sûr. Et, pour l'instant, il ne s'agit pas de lui, mais de vous. Nous sommes l'un en face de l'autre sans doute pour la dernière fois, et l'explication que nous allons avoir est très grave. Je dois vous avertir qu'elle aura lieu devant ma mère. Vous n'y voyez pas d'inconvénient ?

Yvonne s'efforça de cacher son trouble et répondit :

– Aucun.

– Je puis l'appeler ?

– Oui. Laissez-moi, en attendant. Je serai prête quand elle viendra.

– Ma mère est ici.

– Votre mère est ici ? s'écria Yvonne, éperdue et se rappelant la promesse d'Horace Velmont.

---

1. Raillerie : moquerie.

– Oui.

– Et c'est maintenant ?... C'est tout de suite que vous voulez ?...

– Oui.

– Pourquoi ?... Pourquoi pas ce soir ?... Demain ?

– Aujourd'hui, et maintenant, déclara le comte. Il s'est produit au cours de la nuit un incident assez bizarre et que je ne m'explique pas : on m'a fait venir chez ma mère dans le but évident de m'éloigner d'ici. Cela me détermine à devancer le moment de l'explication. Vous ne désirez pas prendre quelque nourriture auparavant ?

– Non... non...

– Je vais donc chercher ma mère.

Il se dirigea vers la chambre d'Yvonne. Celle-ci jeta un coup d'œil sur la pendule. La pendule marquait dix heures trente-cinq !

– Ah ! fit-elle avec un frisson d'épouvante.

Dix heures trente-cinq ! Horace Velmont ne la sauverait pas, et personne au monde, et rien au monde ne la sauverait, car il n'y avait point de miracle qui pût faire que l'anneau d'or ne fût pas à son doigt.

Le comte revint avec la comtesse d'Origny et la pria de s'asseoir. C'était une femme sèche, anguleuse, qui avait toujours manifesté contre Yvonne des sentiments hostiles. Elle ne salua même pas sa belle-fille, montrant ainsi qu'elle était gagnée à[1] l'accusation.

– Je crois, dit-elle, qu'il est inutile de parler très longuement. En deux mots, mon fils prétend...

---

1. Gagnée à : en accord avec.

– Je ne prétends pas, ma mère, dit le comte, j'affirme. J'affirme sous serment que, il y a trois mois, durant les vacances, le tapissier, en reposant les tapis de ce boudoir et de la chambre, a trouvé, dans une rainure de parquet, l'anneau de mariage que j'avais donné à ma femme. Cet anneau, le voici. La date du 23 octobre est gravée à l'intérieur.

– Alors, dit la comtesse, l'anneau que votre femme porte…

– Cet anneau a été commandé par elle en échange du véritable. Sur mes indications, Bernard, mon domestique, après de longues recherches, a fini par découvrir, aux environs de Paris, où il habite maintenant, le petit bijoutier à qui elle s'était adressée. Cet homme se souvient parfaitement, et il est prêt à en témoigner, que sa cliente ne lui a pas fait inscrire une date, mais un nom. Ce nom, il ne se le rappelle pas, mais peut-être l'ouvrier qui travaillait avec lui, dans son magasin, s'en souviendrait-il. Prévenu par lettre que j'avais besoin de ses services, cet homme a répondu hier qu'il était à ma disposition. Ce matin, dès neuf heures, Bernard allait le chercher. Tous deux attendent dans mon cabinet.

Il se tourna vers sa femme.

– Voulez-vous, de votre plein gré, me donner cet anneau ?

Elle articula :

– Vous savez bien, depuis la nuit où vous avez essayé de le prendre à mon insu, qu'il est impossible de l'ôter de mon doigt.

– En ce cas, puis-je donner l'ordre que cet homme monte ? Il a les instruments nécessaires.

– Oui, dit-elle d'une voix faible.

Elle était résignée. En une sorte de vision elle évoquait l'avenir, le scandale, le divorce prononcé contre elle, l'enfant confié par jugement au père, et elle acceptait cela en pensant qu'elle enlèverait son fils, qu'elle partirait avec lui au bout du monde et qu'ils vivraient tous deux, seuls, heureux…

Sa belle-mère lui dit :

– Vous avez été bien légère[1], Yvonne.

Yvonne fut sur le point de se confesser à elle et de lui demander sa protection. À quoi bon ? Comment admettre que la comtesse d'Origny pût la croire innocente ? Elle ne répliqua point.

Tout de suite, d'ailleurs, le comte rentrait, suivi de son domestique et d'un homme qui portait une trousse sous le bras.

Et le comte dit à cet homme :

– Vous savez de quoi il s'agit ?

– Oui, fit l'ouvrier. Une bague qui est devenue trop petite et qu'il faut trancher… C'est facile… Un coup de pince…

– Et vous examinerez ensuite, dit le comte, si l'inscription qui est à l'intérieur de cet anneau fut bien gravée par vous.

Yvonne observa la pendule. Il était onze heures moins dix. Il lui sembla entendre quelque part dans

---

1. Légère : volage, infidèle.

l'hôtel un bruit de voix qui disputaient, et, malgré elle, un sursaut d'espoir la secoua. Peut-être Velmont avait-il réussi… Mais, le bruit s'étant renouvelé, elle se rendit compte que des marchands ambulants passaient sous ses fenêtres et s'éloignaient.

C'était fini. Horace Velmont n'avait pas pu la secourir. Et elle comprit que, pour retrouver son enfant, il lui faudrait agir par ses propres forces, car les promesses des autres sont vaines.

Elle eut un mouvement de recul. Elle avait vu sur sa main la main sale de l'ouvrier, et ce contact odieux la révoltait.

L'homme s'excusa avec embarras. Le comte dit à sa femme :

– Il faut pourtant vous décider.

Alors elle tendit sa main fragile et tremblante que l'ouvrier saisit de nouveau, qu'il retourna, et appuya sur la table, la paume découverte. Yvonne sentit le froid de l'acier. Elle souhaita mourir, d'un coup, et, s'attachant aussitôt à cette idée de mort, elle pensa à des poisons qu'elle achèterait et qui l'endormiraient presque à son insu.

L'opération fut rapide. De biais, les petites tenailles d'acier repoussèrent la chair, se firent une place, et mordirent la bague. Un effort brutal… la bague se brisa. Il n'y avait plus qu'à écarter les deux extrémités pour la sortir du doigt. C'est ce que fit l'ouvrier.

Le comte s'exclama, triomphant :

– Enfin ! nous allons savoir… La preuve est là ! Et nous sommes tous témoins…

Il agrippa l'anneau et regarda l'inscription. Un cri

de stupeur lui échappa. L'anneau portait la date de son mariage avec Yvonne : « 23 octobre ».

Nous étions assis sur la terrasse de Monte-Carlo[1]. Son histoire terminée, Lupin alluma une cigarette et lança paisiblement des bouffées vers le ciel bleu.
Je lui dis :
– Eh bien ?
– Eh bien, quoi ?
– Comment, quoi ? mais la fin de l'aventure…
– La fin de l'aventure ? Mais il n'y en a pas d'autre.
– Voyons… vous plaisantez…
– Nullement. Celle-là ne vous suffit pas ? La comtesse est sauvée. Le mari, n'ayant pas la moindre preuve contre elle, est contraint par sa mère à renoncer au divorce et à rendre l'enfant. Voilà tout. Depuis il a quitté sa femme, et celle-ci vit heureuse, avec son fils, un garçon de seize ans.
– Oui… oui… mais la façon dont la comtesse a été sauvée ?

Lupin éclata de rire.
– Mon cher ami…
(Lupin daigne parfois m'appeler de la sorte.)
– Mon cher ami, vous avez peut-être une certaine adresse pour raconter mes exploits, mais fichtre ! il faut mettre les points sur les i[2]. Je vous jure que la comtesse n'a pas eu besoin d'explication.

---

1. Il s'agit de la terrasse du casino de Monte-Carlo (quartier de Monaco).
2. Mettre les points sur les *i* : expliquer plus nettement, plus clairement.

– Je n'ai aucun amour-propre, lui répondis-je en riant. Mettez les points sur les *i*.

Il prit une pièce de cinq francs et referma la main sur elle.

– Qu'y a-t-il dans cette main ?

– Une pièce de cinq francs.

Il ouvrit la main. La pièce de cinq francs n'y était pas.

– Vous voyez comme c'est facile ! Un ouvrier bijoutier coupe avec des tenailles une bague sur laquelle est gravé un nom, mais il en présente une autre sur laquelle est gravée la date du 23 octobre. C'est un simple tour d'escamotage[1], et j'ai celui-là dans le fond de mon sac, ainsi que beaucoup d'autres. Bigre ! J'ai travaillé six mois avec Pickmann[2].

– Mais alors…

– Allez-y donc !

– L'ouvrier bijoutier ?

– C'était Horace Velmont ! C'était ce brave Lupin ! En quittant la comtesse à trois heures du matin, j'ai profité des quelques minutes qui me restaient avant l'arrivée du mari pour inspecter son cabinet de travail. Sur la table, j'ai trouvé la lettre que l'ouvrier bijoutier avait écrite. Cette lettre me donnait l'adresse. Moyennant quelques louis[3] j'ai pris la place de l'ouvrier, et je suis venu avec un anneau d'or

---

1. Escamotage : action de faire disparaître un objet sans que le public s'en aperçoive.
2. Pickmann : célèbre prestidigitateur de l'époque.
3. Louis : pièce de vingt francs en or.

coupé et gravé d'avance. Passez, muscade[1]. Le comte n'y a vu que du feu.

– Parfait, m'écriai-je.

Et j'ajoutai, un peu ironique à mon tour :

– Mais ne croyez-vous pas que vous-même fûtes quelque peu dupé en l'occurrence ?

– Ah ! Et par qui ?

– Par la comtesse.

– En quoi donc ?

– Dame ! Ce nom inscrit comme un talisman… Ce beau ténébreux[2] qui l'aima et souffrit pour elle… Tout cela me paraît fort invraisemblable, et je me demande si, tout Lupin que vous soyez, vous n'êtes pas tombé au milieu d'un joli roman d'amour bien réel… et pas trop innocent.

Lupin me regarda de travers.

– Non, dit-il.

– Comment le savez-vous ?

– Si la comtesse altéra la vérité en me disant qu'elle avait connu cet homme avant son mariage et qu'il était mort, et si elle l'aima dans le secret de son cœur, j'ai du moins la preuve que cet amour fut idéal, et que, lui, ne le soupçonna pas.

– Et cette preuve ?

– Elle est inscrite au creux de la bague que j'ai brisée moi-même au doigt de la comtesse et que je porte. La voici. Vous pouvez lire le nom qu'elle avait fait graver.

---

1. Passez, muscade : le tour est joué.
2. Beau ténébreux : homme séduisant et mystérieux.

Il me donna la bague. Je lus : « *Horace Velmont* ».

Il y eut entre Lupin et moi un instant de silence, et, l'ayant observé, je notai sur son visage une certaine émotion, un peu de mélancolie.

Je repris :

– Pourquoi vous êtes-vous résolu à me raconter cette histoire… à laquelle vous avez fait souvent allusion devant moi ?

– Pourquoi ?

Il me montra, d'un signe, une femme très belle encore qui passait devant nous, au bras d'un jeune homme.

Elle aperçut Lupin et le salua.

– C'est elle, murmura-t-il, c'est elle avec son fils.

– Elle vous a donc reconnu ?

– Elle me reconnaît toujours, quel que soit mon déguisement.

– Mais, depuis le cambriolage du château de Thibermesnil[1], la police a identifié les deux noms de Lupin et d'Horace Velmont.

– Oui.

– Elle sait par conséquent qui vous êtes ?

– Oui.

– Et elle vous salue ? m'écriai-je malgré moi.

Il m'empoigna le bras, et, violemment :

– Croyez-vous donc que je sois Lupin pour elle ? Croyez-vous que je sois à ses yeux un cambrioleur, un

---

1. Voir « Herlock Sholmès arrive trop tard », dans *Arsène Lupin, gentleman-cambrioleur*.

escroc, un gredin ?... Mais je serais le dernier des misérables, j'aurais tué, même, qu'elle me saluerait encore.

– Pourquoi ? Parce qu'elle vous a aimé ?

– Allons donc ! ce serait une raison de plus, au contraire, pour qu'elle me méprisât.

– Alors ?

– *Je suis l'homme qui lui a rendu son fils !*

3
Le piège infernal

Après la course, un flot de personnes qui s'écoulait vers la sortie de la tribune ayant passé contre lui, Nicolas Dugrival porta vivement la main à la poche intérieure de son veston. Sa femme lui dit :

– Qu'est-ce que tu as ?

– Je suis toujours inquiet… avec cet argent ! J'ai peur d'un mauvais coup.

Elle murmura :

– Aussi je ne te comprends pas. Est-ce qu'on garde sur soi une pareille somme ! Toute notre fortune ! Nous avons eu pourtant assez de mal à la gagner.

– Bah ! dit-il, est-ce qu'on sait qu'elle est là, dans ce portefeuille ?

– Mais si, mais si, bougonna-t-elle. Tiens, le petit domestique que nous avons renvoyé la semaine dernière le savait parfaitement. N'est-ce pas, Gabriel ?

– Oui, ma tante, fit un jeune homme qui se tenait à ses côtés.

Les époux Dugrival et leur neveu Gabriel étaient très connus sur les hippodromes[1], où les habitués les voyaient presque chaque jour. Dugrival, gros homme au teint rouge, l'aspect d'un bon vivant ; sa femme,

---

1. Hippodrome : champ de courses.

lourde également, le masque vulgaire, toujours vêtue d'une robe de soie prune dont l'usure était trop visible ; le neveu, tout jeune, mince, la figure pâle, les yeux noirs, les cheveux blonds et un peu bouclés.

En général, le ménage restait assis pendant toute la réunion. C'était Gabriel qui jouait pour son oncle, surveillant les chevaux au paddock[1], recueillant des tuyaux[2] de droite et de gauche parmi les groupes des jockeys et des lads[3], faisant la navette entre les tribunes et le pari mutuel[4].

La chance, ce jour-là, leur fut favorable, car, trois fois, les voisins de Dugrival virent le jeune homme qui lui rapportait de l'argent.

La cinquième course se terminait. Dugrival alluma un cigare. À ce moment, un monsieur sanglé dans une jaquette[5] marron, et dont le visage se terminait par une barbiche grisonnante, s'approcha de lui et demanda d'un ton de confidence :

– Ce n'est pas à vous, monsieur, qu'on aurait volé ceci ?

Il exhibait en même temps une montre en or, munie de sa chaîne.

Dugrival sursauta.

– Mais oui… mais oui… c'est à moi… Tenez, mes initiales sont gravées… N. D… Nicolas Dugrival.

---

1. Paddock : piste dans l'enceinte d'un hippodrome où les chevaux sont présentés au public avant le départ d'une course.
2. Tuyau : information confidentielle (familier).
3. Lad : garçon d'écurie chargé de s'occuper des chevaux de course.
4. Pari mutuel : bureau d'enregistrement des paris sur les courses de chevaux.
5. Jaquette : longue veste d'homme serrée à la taille.

Et aussitôt il plaqua la main sur la poche de son veston avec un geste d'effroi. Le portefeuille s'y trouvait encore.

— Ah ! fit-il bouleversé, j'ai eu de la chance... Mais tout de même, comment a-t-on pu ?... Connaît-on le coquin[1] ?

— Oui, nous le tenons, il est au poste. Veuillez avoir l'obligeance de me suivre, nous allons éclaircir cette affaire.

— À qui ai-je l'honneur ?...

— M. Delangle, inspecteur de la Sûreté[2]. J'ai déjà prévenu M. Marquenne, l'officier de paix[3].

Nicolas Dugrival sortit avec l'inspecteur, et tous deux, contournant les tribunes, se dirigèrent vers le commissariat. Ils en étaient à une cinquantaine de pas, quand l'inspecteur fut abordé par quelqu'un qui lui dit en hâte :

— Le type à la montre a bavardé, nous sommes sur la piste de toute une bande. M. Marquenne vous prie d'aller l'attendre au pari mutuel et de surveiller les alentours de la quatrième baraque.

Il y avait foule devant le pari mutuel, et l'inspecteur Delangle maugréa :

— C'est idiot, ce rendez-vous... Et puis qui dois-je surveiller ? M. Marquenne n'en fait jamais d'autres[4]...

---

1. Coquin : personne malhonnête.
2. La Sûreté : direction du ministère de l'Intérieur chargée de la police.
3. Officier de paix : officier chargé de l'encadrement des gardiens de la paix (agents de police).
4. N'en fait jamais d'autres : fait toujours les mêmes erreurs.

Il écarta des gens qui le pressaient de trop près.

– Fichtre ! Il faut jouer des coudes et tenir son porte-monnaie. C'est comme cela que vous avez été pincé, monsieur Dugrival.

– Je ne m'explique pas...

– Oh ! si vous saviez comment ces messieurs opèrent ! On n'y voit que du feu. L'un vous marche sur le pied, l'autre vous éborgne avec sa canne, et le troisième vous subtilise votre portefeuille. En trois gestes, c'est fini... Moi qui vous parle, j'y ai été pris.

Il s'interrompit, et, d'un air furieux :

– Mais sacré nom, nous n'allons pas moisir ici ! Quelle cohue ! Ce n'est pas supportable... Ah ! M. Marquenne, là-bas, qui nous fait signe... Un moment, je vous prie... et surtout ne bougez pas.

À coups d'épaule, il se fraya un passage dans la foule.

Nicolas Dugrival le suivit un instant des yeux. L'ayant perdu de vue, il se tint un peu à l'écart pour n'être point bousculé.

Quelques minutes s'écoulèrent. La sixième course allait commencer, lorsque Dugrival aperçut sa femme et son neveu qui le cherchaient. Il leur expliqua que l'inspecteur Delangle se concertait avec l'officier de paix.

– Tu as toujours ton argent ? lui demanda sa femme.

– Parbleu ! répondit-il, je te jure que l'inspecteur et moi, nous ne nous laissions pas serrer[1] de trop près.

Il tâta son veston, étouffa un cri, enfonça la main

---

1. Serrer : approcher.

dans sa poche, et se mit à bredouiller des syllabes confuses, tandis que Mme Dugrival, épouvantée, bégayait :

– Quoi ! qu'est-ce qu'il y a ?

– Volé..., gémit-il, le portefeuille... les cinquante billets...

– Pas vrai ! s'exclama-t-elle, pas vrai !

– Si, l'inspecteur, un escroc... c'est lui...

Elle poussa de véritables hurlements.

– Au voleur ! on a volé mon mari !... Cinquante mille francs, nous sommes perdus... Au voleur !...

Très vite, ils furent entourés d'agents et conduits au commissariat. Dugrival se laissait faire, absolument ahuri. Sa femme continuait à vociférer, accumulant des explications, poursuivant d'invectives[1] le faux inspecteur.

– Qu'on le cherche !... Qu'on le trouve !... Une jaquette marron... la barbe en pointe... Ah ! le misérable, ce qu'il nous a roulés ! Cinquante mille francs... Mais... mais... Qu'est-ce que tu fais, Dugrival ?

D'un bond elle se jeta sur son mari. Trop tard ! il avait appliqué contre sa tempe le canon d'un revolver. Une détonation retentit. Dugrival tomba. Il était mort.

On n'a pas oublié le bruit que firent les journaux à propos de cette affaire, et comment ils saisirent l'occasion pour accuser une fois de plus la police d'incurie[2]

---

1. Invective : insulte.
2. Incurie : grande négligence.

et de maladresse. Était-il admissible qu'un pickpocket[1] pût ainsi, en plein jour et dans un endroit public, jouer le rôle d'inspecteur et dévaliser impunément un honnête homme ?

La femme de Nicolas Dugrival entretenait les polémiques[2] par ses lamentations et les interviews qu'elle accordait. Un reporter avait réussi à la photographier devant le cadavre de son mari, tandis qu'elle étendait la main et qu'elle jurait de venger le mort. Debout, près d'elle, son neveu Gabriel montrait un visage haineux. Lui aussi, en quelques mots prononcés à voix basse et d'un ton de décision farouche, avait fait le serment de poursuivre et d'atteindre le meurtrier.

On dépeignait le modeste intérieur qu'ils occupaient aux Batignolles[3], et, comme ils étaient dénués de toutes ressources, un journal de sport ouvrit une souscription[4] en leur faveur.

Quant au mystérieux Delangle, il demeurait introuvable. Deux individus furent arrêtés, que l'on dut relâcher aussitôt. On se lança sur plusieurs pistes, immédiatement abandonnées ; on mit en avant plusieurs noms, et, finalement, on accusa Arsène Lupin, ce qui provoqua la fameuse dépêche du célèbre cambrioleur, dépêche envoyée de New York six jours après l'incident.

---

1. Pickpocket : personne qui vole des objets dans les poches des autres, voleur à la tire (anglicisme).
2. Polémique : débat très vif, passionné.
3. Batignolles : quartier de Paris dans le XVIIe arrondissement.
4. Souscription : engagement à verser une participation financière.

PROTESTE AVEC INDIGNATION CONTRE CALOMNIE INVENTÉE PAR UNE POLICE AUX ABOIS. ENVOIE MES CONDOLÉANCES AUX MALHEUREUSES VICTIMES, ET DONNE À MON BANQUIER ORDRES NÉCESSAIRES POUR QUE CINQUANTE MILLE FRANCS LEUR SOIENT REMIS. – LUPIN.

De fait, le lendemain même du jour où ce télégramme était publié, un inconnu sonnait à la porte de Mme Dugrival et déposait une enveloppe entre ses mains. L'enveloppe contenait cinquante billets de mille francs.

Ce coup de théâtre n'était point fait pour apaiser les commentaires. Mais un autre événement se produisit, qui suscita de nouveau une émotion considérable. Deux jours plus tard, les personnes qui habitaient la même maison que Mme Dugrival et que Gabriel, furent réveillées vers quatre heures du matin par des cris affreux. On se précipita. Le concierge réussit à ouvrir la porte. À la lueur d'une bougie dont un voisin s'était muni, il trouva, dans sa chambre, Gabriel, étendu, des liens aux poignets et aux chevilles, un bâillon[1] sur la bouche, et, dans la chambre voisine, Mme Dugrival qui perdait tout son sang par une large blessure à la poitrine.

Elle murmura :

– L'argent… on m'a volée… tous les billets…

Et elle s'évanouit.

Que s'était-il passé ?

---

1. Bâillon : bandeau placé contre la bouche de quelqu'un pour l'empêcher de crier.

Gabriel raconta – et dès qu'elle fut capable de parler, Mme Dugrival compléta le récit de son neveu – qu'il avait été réveillé par l'agression de deux hommes, dont l'un le bâillonnait, tandis que l'autre l'enveloppait de liens. Dans l'obscurité, il n'avait pu voir ces hommes, mais il avait entendu le bruit de la lutte que sa tante soutenait contre eux. Lutte effroyable, déclara Mme Dugrival. Connaissant évidemment les lieux, guidés par on ne sait quelle intuition, les bandits s'étaient dirigés aussitôt vers le petit meuble qui renfermait l'argent, et, malgré la résistance qu'elle avait opposée, malgré ses cris, faisaient main basse sur la liasse de billets. En partant, l'un d'eux, qu'elle mordait au bras, l'avait frappée d'un coup de couteau, puis ils s'étaient enfuis.

– Par où ? lui demanda-t-on.

– Par la porte de ma chambre, et ensuite, je suppose, par celle du vestibule.

– Impossible ! Le concierge les aurait surpris.

Car tout le mystère résidait en ceci : comment les bandits avaient-ils pénétré dans la maison, et comment avaient-ils pu en sortir ? Aucune issue ne s'offrait à eux. Était-ce un des locataires ? Une enquête minutieuse prouva l'absurdité d'une telle supposition.

Alors ?

L'inspecteur principal Ganimard, qui fut chargé plus spécialement de cette affaire, avoua qu'il n'en connaissait pas de plus déconcertante.

– C'est fort comme du Lupin, disait-il, et cependant ce n'est pas du Lupin... Non, il y a autre chose

là-dessous, quelque chose d'équivoque[1], de louche…
D'ailleurs, si c'était du Lupin, pourquoi aurait-il repris les cinquante mille francs qu'il avait envoyés ? Autre question qui m'embarrasse : quel rapport y a-t-il entre ce second vol et le premier, celui du champ de courses ? Tout cela est incompréhensible, et j'ai l'impression, ce qui m'arrive rarement, qu'il est inutile de chercher. Pour ma part, j'y renonce.

Le juge d'instruction[2] s'acharna. Les reporters unirent leurs efforts à ceux de la justice. Un célèbre détective anglais passa le détroit[3]. Un riche Américain, auquel les histoires policières tournaient la tête, offrit une prime importante à quiconque apporterait un premier élément de vérité. Six semaines après, on n'en savait pas davantage. Le public se rangeait à l'opinion de Ganimard, et le juge d'instruction lui-même était las de se débattre dans les ténèbres que le temps ne pouvait qu'épaissir.

Et la vie continua chez la veuve Dugrival. Soignée par son neveu, elle ne tarda pas à se remettre de sa blessure. Le matin, Gabriel l'installait dans un fauteuil de la salle à manger, près de la fenêtre, faisait le ménage, et se rendait ensuite aux provisions[4]. Il préparait le déjeuner sans même accepter l'aide de la concierge.

---

1. Équivoque : ambigu, susceptible d'être interprété de différentes manières.
2. Juge d'instruction : magistrat chargé d'enquêter sur les affaires pénales les plus graves (crimes, délits).
3. Il s'agit du détroit du pas de Calais, bras de mer séparant la France de la Grande-Bretagne.
4. Se rendait aux provisions : allait faire les courses.

Excédés par les enquêtes de la police et surtout par les demandes d'interviews, la tante et le neveu ne recevaient personne. La concierge elle-même, dont les bavardages inquiétaient et fatiguaient Mme Dugrival, ne fut plus admise. Elle se rejetait sur Gabriel, l'apostrophant chaque fois qu'il passait devant la loge[1].

– Faites attention, monsieur Gabriel, on vous espionne tous les deux. Il y a des gens qui vous guettent. Tenez, encore hier soir, mon mari a surpris un type qui lorgnait[2] vos fenêtres.

– Bah ! répondit Gabriel, c'est la police qui nous garde. Tant mieux !

Or, un après-midi, vers quatre heures, il y eut, au bout de la rue, une violente altercation[3] entre deux marchands des quatre-saisons[4]. La concierge aussitôt s'éloigna de sa loge pour écouter les invectives que se lançaient les adversaires. Elle n'avait pas le dos tourné, qu'un homme jeune, de taille moyenne, habillé de vêtements gris d'une coupe irréprochable, se glissa dans la maison et monta vivement l'escalier.

Au troisième étage, il sonna.

Son appel demeurant sans réponse, il sonna de nouveau.

À la troisième fois, la porte s'ouvrit.

– Mme Dugrival ? demanda-t-il en retirant son chapeau.

---

1. Loge : petit logement réservé au concierge à l'entrée d'un immeuble.
2. Lorgnait : observait avec insistance.
3. Altercation : dispute.
4. Marchand des quatre-saisons : marchand ambulant de fruits et légumes.

— Mme Dugrival est encore souffrante, et ne peut recevoir personne, riposta Gabriel qui se tenait dans l'antichambre.

— Il est de toute nécessité que je lui parle.

— Je suis son neveu, je pourrais peut-être lui communiquer…

— Soit, dit l'individu. Veuillez dire à Mme Dugrival que, le hasard m'ayant fourni des renseignements précieux sur le vol dont elle a été victime, je désire examiner l'appartement, et me rendre compte par moi-même de certains détails. Je suis très accoutumé[1] à ces sortes d'enquêtes, et mon intervention lui sera sûrement profitable.

Gabriel l'examina un moment, réfléchit et prononça :

— En ce cas, je suppose que ma tante consentira… Prenez la peine d'entrer.

Après avoir ouvert la porte de la salle à manger, il s'effaça, livrant passage à l'inconnu. Celui-ci marcha jusqu'au seuil, mais, à l'instant même où il le franchissait, Gabriel leva le bras et, d'un geste brusque, le frappa d'un coup de poignard au-dessus de l'épaule droite.

Un éclat de rire jaillit dans la salle.

— Touché ! cria Mme Dugrival en s'élançant de son fauteuil. Bravo, Gabriel. Mais dis donc, tu ne l'as pas tué, le bandit ?

— Je ne crois pas, ma tante. La lame est fine et j'ai retenu mon coup.

---

1. Accoutumé : habitué.

L'homme chancelait, les mains en avant, le visage d'une pâleur mortelle.

– Imbécile ! ricana la veuve. Tu es tombé dans le piège… Pas malheureux ! il y a assez longtemps qu'on t'attendait ici. Allons, mon bonhomme, dégringole. Ça t'embête, hein ? Faut bien cependant. Parfait ! un genou à terre d'abord, devant la patronne… et puis l'autre genou… Ce qu'on est bien éduqué !… Patatras ! voilà qu'on s'écroule ! Ah ! Jésus-Dieu, si mon pauvre Dugrival pouvait le voir ainsi ! Et maintenant, Gabriel, à la besogne !

Elle gagna sa chambre et ouvrit le battant d'une armoire à glace où des robes étaient pendues. Les ayant écartées, elle poussa un autre battant qui formait le fond de l'armoire et qui dégagea l'entrée d'une pièce située dans la maison voisine.

– Aide-moi à le porter, Gabriel. Et tu le soigneras de ton mieux, hein ? Pour l'instant, il vaut son pesant d'or[1], l'artiste.

Un matin, le blessé reprit un peu conscience. Il souleva les paupières et regarda autour de lui.

Il était couché dans une pièce plus grande que celle où il avait été frappé, une pièce garnie de quelques meubles, et munie de rideaux épais qui voilaient les fenêtres du haut en bas.

Cependant il y avait assez de lumière pour qu'il pût voir près de lui, assis sur une chaise et l'observant, le jeune Gabriel Dugrival.

---

1. Il vaut son pesant d'or : il a une grande valeur.

– Ah! c'est toi, le gosse, murmura-t-il, tous mes compliments, mon petit. Tu as le poignard sûr et délicat.

Et il se rendormit.

Ce jour-là et les jours qui suivirent, il se réveilla plusieurs fois, et chaque fois, il apercevait la figure pâle de l'adolescent, ses lèvres minces, ses yeux noirs d'une expression si dure.

– Tu me fais peur, disait-il. Si tu as juré de m'exécuter, ne te gêne pas. Mais rigole! L'idée de la mort m'a toujours semblé la chose du monde la plus cocasse[1]. Tandis qu'avec toi, mon vieux, ça devient macabre[2]. Bonsoir, j'aime mieux faire dodo!

Pourtant Gabriel, obéissant aux ordres de Mme Dugrival, lui prodiguait des soins attentifs. Le malade n'avait presque plus de fièvre et commençait à s'alimenter de lait et de bouillon. Il reprenait quelque force et plaisantait.

– À quand la première sortie du convalescent? La petite voiture est prête? Mais rigole donc, animal! Tu as l'air d'un saule pleureur qui va commettre un crime. Allons, une risette à papa.

Un jour, en s'éveillant, il eut une impression de gêne fort désagréable. Après quelques efforts, il s'aperçut que pendant son sommeil, on lui avait attaché les jambes, le buste et les bras au fer du lit, et cela par de fines cordelettes d'acier qui lui entraient dans la chair au moindre mouvement.

---

1. Cocasse : drôle, comique.
2. Macabre : ici, sinistre, lugubre.

— Ah ! dit-il à son gardien, cette fois, c'est le grand jeu. Le poulet va être saigné. Est-ce toi qui m'opères, l'ange Gabriel ? En ce cas, mon vieux, que ton rasoir soit bien propre ! Service antiseptique[1], s'il vous plaît.

Mais il fut interrompu par le bruit d'une serrure qui grince. La porte en face de lui s'ouvrit, et Mme Dugrival apparut.

Lentement elle s'approcha, prit une chaise, et sortit de sa poche un revolver qu'elle arma et qu'elle déposa sur la table de nuit.

— Brrr, murmura le captif, on se croirait à l'Ambigu[2]… Quatrième acte… le jugement du traître. Et c'est le beau sexe qui exécute… la main des Grâces[3]… Quel honneur !… Madame Dugrival, je compte sur vous pour ne pas me défigurer.

— Tais-toi, Lupin.

— Ah ! vous savez ?… Bigre, on a du flair.

— Tais-toi, Lupin.

Il y avait, dans le son de sa voix, quelque chose de solennel qui impressionna le captif et le contraignit au silence.

Il observa l'un après l'autre ses deux geôliers. Les traits bouffis, le teint rouge de Mme Dugrival contrastaient avec le visage délicat de son neveu, mais tous deux avaient le même air de résolution implacable.

---

1. Antiseptique : désinfectant.
2. L'Ambigu : théâtre de l'Ambigu-Comique, situé sur le boulevard Saint-Martin à Paris, spécialisé dans les mélodrames, la représentation des faits divers (crimes, vols), les comédies.
3. Grâces : déesses de l'Antiquité (Aglaé, Euphrosyne et Thalie) incarnant la beauté et la joie.

La veuve se pencha et lui dit :

— Es-tu prêt à répondre à mes questions ?

— Pourquoi pas ?

— Alors écoute-moi bien.

— Je suis tout oreilles.

— Comment as-tu su que Dugrival portait tout son argent dans sa poche ?

— Un bavardage de domestique…

— Un petit domestique qui a servi chez moi, n'est-ce pas ?

— Oui.

— Et c'est toi qui as d'abord volé la montre de Dugrival, pour la lui rendre ensuite et lui inspirer confiance ?

— Oui.

Elle réprima un mouvement de rage.

— Imbécile ! Mais oui, imbécile ! Comment, tu dépouilles mon homme, tu l'accules à se tuer, et au lieu de ficher le camp à l'autre bout du monde et de te cacher, tu continues à faire le Lupin en plein Paris ! Tu ne te rappelais donc plus que j'avais juré, sur la tête même du mort, de retrouver l'assassin ?

— C'est cela qui m'épate, dit Lupin. Pourquoi m'avoir soupçonné ?

— Pourquoi ? mais c'est toi-même qui t'es vendu.

— Moi ?

— Évidemment… Les cinquante mille francs…

— Eh bien, quoi ! un cadeau…

— Oui, un cadeau, que tu donnes l'ordre, par télégramme, de m'envoyer pour faire croire que tu étais en Amérique le jour des courses. Un cadeau ! la bonne blague ! c'est-à-dire, n'est-ce pas, que ça te tracassait l'idée de ce pauvre type que tu avais assassiné. Alors tu as restitué l'argent à la veuve, ouvertement, bien entendu, parce qu'il y a la galerie[1] et qu'il faut toujours que tu fasses du battage[2], comme un cabotin[3] que tu es. À merveille ! Seulement, mon bonhomme, dans ce cas, il ne fallait pas qu'on me remette les billets mêmes volés à Dugrival ! Oui, triple idiot, ceux-là mêmes et pas d'autres ! Nous avions les numéros, Dugrival et moi. Et tu es assez stupide pour m'adresser le paquet ! Comprends-tu ta bêtise, maintenant ?

Lupin se mit à rire.

– La gaffe est gentille[4]. Je n'en suis pas responsable. J'avais donné d'autres ordres… Mais, tout de même, je ne peux m'en prendre qu'à moi.

– Hein, tu l'avoues. C'était signer ton vol, et c'était signer ta perte aussi. Il n'y avait plus qu'à te trouver. À te trouver ? Non, mieux que cela. On ne trouve pas Lupin, on le fait venir ! Ça, c'est une idée de maître. Elle est de mon gosse de neveu, qui t'exècre[5] autant que moi, si possible, et qui te connaît à fond par tous les livres qui ont été écrits sur toi. Il connaît ta curiosité, ton besoin d'intrigue, ta manie de chercher dans les ténèbres, et de débrouiller ce que les autres n'ont pas réussi à débrouiller. Il connaît aussi cette espèce de

---

1. La galerie : l'opinion publique.
2. Battage : publicité excessive, matraquage (familier).
3. Cabotin : comédien médiocre et prétentieux.
4. Gentille : d'une certaine importance.
5. Exècre : déteste.

fausse bonté qui est la tienne, la sensiblerie bébête qui te fait verser des larmes de crocodile[1] sur tes victimes. Et il a organisé la comédie ! il a inventé l'histoire des deux cambrioleurs ! le second vol des cinquante mille francs ! Ah ! je te jure Dieu que le coup de couteau que je me suis fichu de mes propres mains ne m'a pas fait mal ! Et je te jure Dieu que nous avons passé de jolis moments à t'attendre, le petit et moi, à lorgner tes complices qui rôdaient sous nos fenêtres et qui étudiaient la place. Et pas d'erreur, tu devais venir ! Puisque tu avais rendu les cinquante mille francs à la veuve Dugrival, il n'était pas possible que tu admettes que la veuve Dugrival soit dépouillée de ses cinquante mille francs. Tu devais venir, par gloriole[2], par vanité ! Et tu es venu !

La veuve eut un rire strident.

– Hein ! est-ce bien joué, cela ? Le Lupin des Lupin ! le maître des maîtres ! L'inaccessible et l'invisible... Le voilà pris au piège par une femme et par un gamin !... Le voilà en chair et en os !... Le voilà pieds et poings liés, pas plus dangereux qu'une mauviette[3]. Le voilà !... Le voilà !...

Elle tremblait de joie, et elle se mit à marcher à travers la chambre avec des allures de bête fauve qui ne lâche pas de l'œil sa victime. Et jamais Lupin n'avait senti dans un être plus de haine et de sauvagerie.

– Assez bavardé, dit-elle.

---

1. Larmes de crocodile : pleurs hypocrites, plaintes peu sincères.
2. Gloriole : vantardise.
3. Mauviette : personne faible physiquement, chétive.

Se contenant soudain, elle retourna près de lui, et, sur un ton tout différent, la voix sourde, elle scanda :

– Depuis douze jours, Lupin, et grâce aux papiers qui se trouvaient dans ta poche, j'ai mis le temps à profit. Je connais toutes tes affaires, toutes tes combinaisons, tous tes faux noms, toute l'organisation de ta bande, tous les logements que tu possèdes dans Paris et ailleurs. J'ai même visité l'un d'eux, le plus secret, celui où tu caches tes papiers, tes registres et l'histoire détaillée de tes opérations financières. Le résultat de mes recherches ? Pas mauvais. Voici quatre chèques détachés de quatre carnets, et qui correspondent à quatre comptes que tu as dans des banques sous quatre noms différents. Sur chacun d'eux j'ai inscrit la somme de dix mille francs. Davantage eût été périlleux. Maintenant, signe.

– Bigre ! dit Lupin avec ironie, c'est tout bonnement du chantage, honnête madame Dugrival.

– Cela te suffoque[1], hein ?

– Cela me suffoque.

– Et tu trouves l'adversaire à ta hauteur ?

– L'adversaire me dépasse. Alors le piège, qualifions-le d'infernal, le piège infernal où je suis tombé ne fut pas tendu seulement par une veuve altérée de vengeance, mais aussi par une excellente industrielle[2] désireuse d'augmenter ses capitaux ?

– Justement.

---

1. Te suffoque : te stupéfie, t'épate.
2. Industrielle : entrepreneuse qui s'enrichit par la ruse et le mensonge (archaïsme).

— Mes félicitations. Et j'y pense, est-ce que, par hasard, M. Dugrival ?...

— Tu l'as dit, Lupin. Après tout, pourquoi te le cacher ? Ça soulagera ta conscience. Oui, Lupin, Dugrival travaillait dans la même partie que toi. Oh ! pas en grand... Nous étions des modestes... une pièce d'or de-ci, de-là... un porte-monnaie que Gabriel, dressé par nous, chipait aux courses de droite et de gauche... Et, de la sorte, on avait fait sa petite fortune... de quoi planter des choux.

— J'aime mieux cela, dit Lupin.

— Tant mieux ! Si je t'en parle, moi, c'est pour que tu saches bien que je ne suis pas une débutante, et que tu n'as rien à espérer. Un secours ? non. L'appartement où nous sommes communique avec ma chambre. Il a une sortie particulière, et personne ne s'en doute. C'était l'appartement spécial de Dugrival. Il y recevait ses amis. Il y avait ses instruments de travail, ses déguisements... son téléphone, même, comme tu peux voir. Donc, rien à espérer. Tes complices ont renoncé à te chercher par là. Je les ai lancés sur une autre piste. Tu es bien fichu. Commences-tu à comprendre la situation ?

— Oui.

— Alors, signe.

— Et, quand j'aurai signé, je serai libre ?

— Il faut que je touche d'abord.

— Et après ?

— Après, sur mon âme, sur mon salut éternel, tu seras libre.

– Je manque de confiance.
– As-tu le choix ?
– C'est vrai. Donne.

Elle détacha la main droite de Lupin et lui présenta une plume en disant :

– N'oublie pas que les quatre chèques portent quatre noms différents et que, chaque fois, l'écriture change.
– Ne crains rien.

Il signa.

– Gabriel, ajouta la veuve, il est dix heures. Si, à midi, je ne suis pas là, c'est que ce misérable m'aura joué un tour de sa façon. Alors casse-lui la tête. Je te laisse le revolver avec lequel ton oncle s'est tué. Sur six balles, il en reste cinq. Ça suffit.

Elle partit en chantonnant.

Il y eut un assez long silence, et Lupin marmotta :

– Je ne donnerais pas deux sous de ma peau.

Il ferma les yeux un instant, puis brusquement dit à Gabriel :

– Combien ?

Et comme l'autre ne semblait pas entendre, il s'irrita.

– Eh ! oui, combien ? Réponds, quoi ! Nous avons le même métier, tous deux. Je vole, tu voles, nous volons. Alors on est faits pour s'accorder. Hein ? ça va ? nous décampons[1] ? Je t'offre une place dans ma bande, une place de luxe. Combien veux-tu pour toi ? Dix mille ? vingt mille ? Fixe ton prix, et n'y regarde pas. Le coffre est plein.

---

1. Décampons : partons immédiatement (familier).

Il eut un frisson de colère en voyant le visage impassible de son gardien.

– Ah! il ne répondra même pas! Voyons, quoi, tu l'aimais tant que ça, le Dugrival? Écoute, si tu veux me délivrer… Allons, réponds!…

Mais il s'interrompit. Les yeux du jeune homme avaient cette expression cruelle qu'il connaissait si bien. Pouvait-il espérer le fléchir?

– Crénom de crénom, grinça-t-il, je ne vais pourtant pas crever ici, comme un chien! Ah! si je pouvais…

Se raidissant, il fit, pour rompre ses liens, un effort qui lui arracha un cri de douleur et il retomba sur son lit, exténué.

– Allons, murmura-t-il au bout d'un instant, la veuve l'a dit, je suis fichu. Rien à faire. *De profundis*[1], Lupin…

Un quart d'heure s'écoula, une demi-heure…

Gabriel, s'étant approché de Lupin, vit qu'il tenait les yeux fermés et que sa respiration était égale comme celle d'un homme qui dort. Mais Lupin lui dit :

– Crois pas que je dorme, le gosse. Non, on ne dort pas à cette minute-là. Seulement je me fais une raison… Faut bien, n'est-ce pas?… Et puis, je pense à ce qui va suivre… Parfaitement, j'ai ma théorie là-dessus. Tel que tu me vois, je suis partisan de la métempsycose[2] et de la transmigration des âmes[3].

---

1. *De profundis* : « des profondeurs » en latin, début de la prière pour les morts.
2. Métempsycose : doctrine selon laquelle l'âme passe d'un être à l'autre (homme, animal ou végétal) à la fin de chaque existence.
3. Transmigration des âmes : concept selon lequel, après la mort, l'âme quitte l'enveloppe corporelle pour en trouver une nouvelle.

Mais ce serait un peu long à t'expliquer... Dis donc, petit... avant de se séparer, si on se donnait la main ? Non ? Alors, adieu... Bonne santé et longue vie, Gabriel...

Il baissa les paupières, se tut, et ne bougea plus jusqu'à l'arrivée de Mme Dugrival.

La veuve entra vivement, un peu avant midi. Elle semblait très surexcitée.

– J'ai l'argent, dit-elle à son neveu. File. Je te rejoins dans l'auto qui est en bas.

– Mais...

– Pas besoin de toi pour en finir avec lui. Je m'en charge à moi toute seule. Pourtant, si le cœur t'en dit, de voir la grimace d'un coquin... Passe-moi l'instrument.

Gabriel lui donna le revolver, et la veuve reprit :

– Tu as bien brûlé nos papiers ?

– Oui.

– Allons-y. Et sitôt son compte réglé, au galop. Les coups de feu peuvent attirer les voisins. Il faut qu'on trouve les deux appartements vides.

Elle s'avança vers le lit.

– Tu es prêt, Lupin ?

– C'est-à-dire que je brûle d'impatience.

– Tu n'as pas de recommandation à me faire ?

– Aucune...

– Alors...

– Un mot cependant.

– Parle.

– Si je rencontre Dugrival dans l'autre monde, qu'est-ce qu'il faut que je lui dise de ta part ?

Elle haussa les épaules et appliqua le canon du revolver sur la tempe de Lupin.

– Parfait, dit-il, et surtout ne tremblez pas, ma bonne dame... Je vous jure que cela ne vous fera aucun mal. Vous y êtes ? Au commandement, n'est-ce pas ? une... deux... trois...

La veuve appuya sur la détente. Une détonation retentit.

– C'est ça, la mort ? dit Lupin. Bizarre ! j'aurais cru que c'était plus différent de la vie.

Il y eut une seconde détonation. Gabriel arracha l'arme des mains de sa tante et l'examina.

– Ah ! fit-il, on a enlevé les balles... Il ne reste plus que les capsules...

Sa tante et lui demeurèrent un moment immobiles, confondus.

– Est-ce possible ? balbutia-t-elle... Qui aurait pu ?... Un inspecteur ?... Le juge d'instruction ?...

Elle s'arrêta, et, d'une voix étranglée :

– Écoute... du bruit...

Ils écoutèrent, et la veuve alla jusqu'au vestibule. Elle revint, furieuse, exaspérée par l'échec et par la crainte qu'elle avait eue.

– Personne... Les voisins doivent être sortis... nous avons le temps... Ah ! Lupin, tu riais déjà... Le couteau, Gabriel.

– Il est dans ma chambre.

– Va le chercher.

Gabriel s'éloigna en hâte. La veuve trépignait de rage.

– Je l'ai juré !… Tu y passeras, mon bonhomme !… Je l'ai juré à Dugrival, et chaque matin et chaque soir je refais le serment… je le refais à genoux, oui, à genoux devant Dieu qui m'écoute ! C'est mon droit de venger le mort !… Ah ! dis donc, Lupin, il me semble que tu ne ris plus… Bon sang ! mais on dirait même que tu as peur. Il a peur ! il a peur ! Je vois ça dans ses yeux ! Gabriel, arrive, mon petit… Regarde ses yeux ! Regarde ses lèvres… Il tremble… Donne le couteau, que je le lui plante dans le cœur, tandis qu'il a le frisson… Ah ! froussard !… Vite, vite, Gabriel, donne le couteau.

– Impossible de le trouver, déclara le jeune homme, qui revenait en courant, tout effaré, il a disparu de ma chambre ! Je n'y comprends rien !…

– Tant mieux ! cria la veuve Dugrival à moitié folle, tant mieux ! je ferai la besogne moi-même.

Elle saisit Lupin à la gorge et l'étreignit de ses dix doigts crispés, à pleines mains, à pleines griffes, et elle se mit à serrer désespérément. Lupin eut un râle et s'abandonna. Il était perdu.

Brusquement, un fracas du côté de la fenêtre. Une des vitres avait sauté en éclats.

– Quoi ? qu'y a-t-il ? bégaya la veuve en se relevant, bouleversée.

Gabriel, plus pâle encore qu'à l'ordinaire, murmura :

– Je ne sais pas… je ne sais pas !

– Comment a-t-on pu ? répéta la veuve.

Elle n'osait bouger, dans l'attente de ce qui allait

se produire. Et quelque chose surtout l'épouvantait, c'est que par terre, autour d'eux, il n'y avait aucun projectile, et que la vitre pourtant, cela était visible, avait cédé au choc d'un objet lourd et assez gros, d'une pierre, sans doute.

Après un instant, elle chercha sous le lit, sous la commode.

– Rien, dit-elle.

– Non, fit son neveu qui cherchait également.

Et elle reprit en s'asseyant à son tour :

– J'ai peur… les bras me manquent… achève-le…

– J'ai peur… moi aussi.

– Pourtant… pourtant…, bredouilla-t-elle, il faut bien… j'ai juré…

Dans un effort suprême, elle retourna près de Lupin et lui entoura le cou de ses doigts raidis. Mais Lupin, qui scrutait son visage blême, avait la sensation très nette qu'elle n'aurait pas la force de le tuer. Pour elle, il devenait sacré, intangible[1]. Une puissance mystérieuse le protégeait contre toutes les attaques, une puissance qui l'avait déjà sauvé trois fois par des moyens inexplicables, et qui trouverait d'autres moyens pour écarter de lui les embûches de la mort.

Elle lui dit à voix basse :

– Ce que tu dois te ficher de moi !

– Ma foi, pas du tout. À ta place j'aurais une venette[2] !

---

1. Intangible : que l'on ne peut atteindre.
2. Venette : peur (familier).

— Fripouille, va ! Tu t'imagines qu'on te secourt… que tes amis sont là, hein ? Impossible, mon bonhomme.

— Je le sais. Ce n'est pas eux qui me défendent… Personne même ne me défend…

— Alors ?

— Alors, tout de même, il y a quelque chose d'étrange là-dessous, de fantastique, de miraculeux, qui te donne la chair de poule, ma bonne femme.

— Misérable !… Tu ne riras plus bientôt.

— Ça m'étonnerait.

— Patiente.

Elle réfléchit encore et dit à son neveu :

— Qu'est-ce que tu ferais ?

— Rattache-lui le bras, et allons-nous-en, répondit-il.

Conseil atroce ! C'était condamner Lupin à la mort la plus affreuse, la mort par la faim.

— Non, dit la veuve, il trouverait peut-être encore une planche de salut[1]. J'ai mieux que cela.

Elle décrocha le récepteur du téléphone. Ayant obtenu la communication, elle demanda :

— Le numéro 822.48, s'il vous plaît.

Et, après un instant :

— Allô… le service de la Sûreté ?… M. l'inspecteur principal Ganimard est-il ici ?… Pas avant vingt minutes ? Dommage !… Enfin !… quand il sera là, vous lui direz ceci de la part de Mme Dugrival… Oui, Mme Nicolas Dugrival… Vous lui direz qu'il vienne

---

1. Planche de salut : ultime moyen pour se tirer d'une situation dangereuse.

chez moi. Il ouvrira la porte de mon armoire à glace, et, cette porte ouverte, il constatera que l'armoire cache une issue qui fait communiquer ma chambre avec deux pièces. Dans l'une d'elles, il y a un homme solidement ligoté. C'est le voleur, l'assassin de Dugrival. Vous ne me croyez pas ? Avertissez M. Ganimard. Il me croira, lui. Ah ! j'oubliais le nom de l'individu... Arsène Lupin !

Et, sans un mot de plus, elle raccrocha le récepteur.

– Voilà qui est fait, Lupin. Au fond, j'aime autant cette vengeance. Ce que je vais me tordre en suivant les débats de l'affaire Lupin ! Tu viens, Gabriel ?

– Oui, ma tante.

– Adieu, Lupin, on ne se reverra sans doute pas, car nous passons à l'étranger. Mais je te promets de t'envoyer des bonbons quand tu seras au bagne[1].

– Des chocolats, la mère ! Nous les mangerons ensemble.

– Adieu !

– Au revoir !

La veuve sortit avec son neveu, laissant Lupin enchaîné sur le lit.

Tout de suite il remua son bras libre et tâcha de se dégager. Mais à la première tentative, il comprit qu'il n'aurait jamais la force de rompre les cordons d'acier qui le liaient. Épuisé par la fièvre et par l'angoisse, que pouvait-il faire durant les vingt ou trente minutes peut-être qui lui restaient avant l'arrivée de Ganimard ?

---

1. Bagne : lieu de détention des condamnés aux travaux forcés, pénitencier.

Il ne comptait pas davantage sur ses amis. Si, trois fois, il avait été sauvé de la mort, cela provenait évidemment de hasards prodigieux, mais non point d'une intervention de ses amis. Sans quoi, ils ne se fussent pas contentés de ces coups de théâtre invraisemblables. Ils l'eussent bel et bien délivré.

Non, il fallait renoncer à toute espérance. Ganimard venait, Ganimard le trouverait là. C'était inévitable. C'était un fait accompli.

Et la perspective de l'événement l'irritait d'une façon singulière. Il entendait déjà les sarcasmes[1] de son vieil ennemi. Il devinait l'éclat de rire qui, le lendemain, accueillerait l'incroyable nouvelle. Qu'il fût arrêté en pleine action, sur le champ de bataille, pour ainsi dire, et par une escouade[2] imposante d'adversaires, soit! mais arrêté, cueilli plutôt, ramassé dans de telles conditions, c'était vraiment trop stupide. Et Lupin, qui tant de fois avait bafoué les autres, sentait tout ce qu'il y avait de ridicule pour lui dans le dénouement de l'affaire Dugrival, tout ce qu'il y avait de grotesque à s'être laissé prendre au piège infernal de la veuve, et, en fin de compte, à être « servi » à la police comme un plat de gibier, cuit à point et savamment assaisonné.

– Sacrée veuve ! bougonna-t-il. Elle aurait mieux fait de m'égorger tout simplement.

Il prêta l'oreille. Quelqu'un marchait dans la pièce

---

1. Sarcasme : moquerie blessante.
2. Escouade : petite troupe de militaires, de gendarmes.

voisine. Ganimard ? Non. Quelle que fût sa hâte, l'inspecteur ne pouvait encore être là. Et puis Ganimard n'eût pas agi de cette manière, n'eût pas ouvert la porte aussi doucement que l'ouvrait cette autre personne. Lupin se rappela les trois interventions miraculeuses auxquelles il devait la vie. Était-il possible que ce fût réellement quelqu'un qui l'eût protégé contre la veuve, et que ce quelqu'un entreprît maintenant de le secourir ? Mais qui, en ce cas ?...

Sans que Lupin réussît à le voir, l'inconnu se baissa derrière le lit. Lupin devina le bruit des tenailles qui s'attaquaient aux cordelettes d'acier et qui le délivraient peu à peu. Son buste d'abord fut dégagé, puis les bras, puis les jambes.

Et une voix lui dit :

– Il faut vous habiller.

Très faible, il se souleva à demi, au moment où l'inconnu se redressait.

– Qui êtes-vous ? murmura-t-il. Qui êtes-vous ?

Et une grande surprise l'envahit.

À côté de lui, il y avait une femme vêtue d'une robe noire et coiffée d'une dentelle qui recouvrait une partie de son visage. Et cette femme, autant qu'il pouvait en juger, était jeune, et de taille élégante et mince.

– Qui êtes-vous ? répéta-t-il.

– Il faut venir..., dit la femme, le temps presse.

– Est-ce que je peux ! dit Lupin en faisant une tentative désespérée... Je n'ai pas la force.

– Buvez cela.

Elle versa du lait dans une tasse, et, comme elle

la lui tendait, sa dentelle s'écarta, laissant la figure à découvert.

– Toi ! c'est toi !... balbutia-t-il. C'est vous qui êtes ici ?... c'est vous qui étiez ?...

Il regardait stupéfait cette femme dont les traits offraient avec ceux de Gabriel une si frappante analogie[1], dont le visage, délicat et régulier, avait la même pâleur, dont la bouche avait la même expression dure et antipathique. Une sœur n'eût pas présenté avec un frère une telle ressemblance. À n'en pas douter, c'était le même être. Et, sans croire un instant que Gabriel se cachât sous des vêtements de femme, Lupin au contraire eut l'impression profonde qu'une femme était auprès de lui, et que l'adolescent qui l'avait poursuivi de sa haine et qui l'avait frappé d'un coup de poignard était bien vraiment une femme. Pour l'exercice plus commode de leur métier, les époux Dugrival l'avaient accoutumée à ce déguisement de garçon.

– Vous... vous..., répétait-il. Qui se serait douté ?

Elle vida dans la tasse le contenu d'une petite fiole.

– Buvez ce cordial[2], dit-elle.

Il hésita, pensant à du poison.

Elle reprit :

– C'est moi qui vous ai sauvé.

– En effet, en effet, dit-il... C'est vous qui avez désarmé le revolver ?

---

1. Analogie : similitude.
2. Cordial : boisson qui stimule le cœur, remontant.

– Oui.
– Et c'est vous qui avez dissimulé le couteau ?
– Le voici, dans ma poche.
– Et c'est vous qui avez brisé la vitre au moment où votre tante m'étranglait ?
– C'est moi, avec le presse-papiers qui était sur cette table et que j'ai jeté dans la rue.
– Mais pourquoi ? pourquoi ? demanda-t-il, absolument interdit.
– Buvez.
– Vous ne vouliez donc pas que je meure ? Mais alors pourquoi m'avez-vous frappé, au début ?
– Buvez.

Il vida la tasse d'un trait, sans trop savoir la raison de sa confiance subite.

– Habillez-vous… rapidement…, ordonna-t-elle, en se retirant du côté de la fenêtre.

Il obéit, et elle revint près de lui, car il était retombé sur une chaise, exténué.

– Il faut partir, il le faut, nous n'avons que le temps… Rassemblez toutes vos forces.

Elle se courba un peu pour qu'il s'appuyât à son épaule, et elle le mena vers la porte et vers l'escalier.

Et Lupin marchait, marchait, comme on marche dans un rêve, dans un de ces rêves bizarres où il se passe les choses du monde les plus incohérentes, et qui était la suite heureuse du cauchemar épouvantable qu'il vivait depuis deux semaines.

Une idée cependant l'effleura. Il se mit à rire.

– Pauvre Ganimard ! Vraiment il n'a pas de veine.

Je donnerais bien deux sous pour assister à mon arrestation.

Après avoir descendu l'escalier, grâce à sa compagne qui le soutenait avec une énergie incroyable, il se trouva dans la rue, en face d'une automobile où elle le fit monter.

– Allez, dit-elle au chauffeur.

Lupin, que le grand air et le mouvement étourdissaient, se rendit à peine compte du trajet et des incidents qui le marquaient. Il reprit toute sa connaissance chez lui, dans un des domiciles qu'il occupait, et gardé par un de ses domestiques auquel la jeune femme donnait des instructions.

– Va-t'en, dit-elle au domestique.

Et, comme elle s'éloignait également, il la retint par un pli de sa robe.

– Non… non… il faut m'expliquer d'abord… Pourquoi m'avez-vous sauvé ? C'est à l'insu de votre tante que vous êtes revenue ? Mais pourquoi m'avez-vous sauvé ? Par pitié ?

Elle se taisait, et, le buste droit, la tête un peu renversée, elle conservait son air énigmatique et dur. Pourtant il crut voir que le dessin de sa bouche offrait moins de cruauté que d'amertume[1]. Ses yeux, ses beaux yeux noirs, révélaient de la mélancolie. Et Lupin, sans comprendre encore, avait l'intuition confuse de ce qui se passait en elle. Il lui saisit la main. Elle le repoussa, en un sursaut de révolte où il sentit de

---

1. Amertume : tristesse.

la haine, presque de la répulsion. Et comme il insistait, elle s'écria :

— Mais laissez-moi !… laissez-moi !… vous ne savez donc pas que je vous exècre ?

Ils se regardèrent un moment, Lupin déconcerté, elle frémissante et pleine de trouble, son pâle visage tout coloré d'une rougeur insolite. Il lui dit doucement :

— Si vous m'exécrez, il fallait me laisser mourir… C'était facile. Pourquoi ne l'avez-vous pas fait ?

— Pourquoi ? Pourquoi ? Est-ce que je sais ?…

Sa figure se contractait. Vivement, elle la cacha dans ses deux mains, et il vit deux larmes qui coulaient entre ses doigts.

Très ému, il fut sur le point de lui dire des mots affectueux, comme à une petite fille qu'on veut consoler, et de lui donner de bons conseils, et de la sauver à son tour, de l'arracher à la vie mauvaise qu'elle menait.

Mais de tels mots eussent été absurdes, prononcés par lui, et il ne savait plus que dire, maintenant qu'il comprenait toute l'aventure, et qu'il pouvait évoquer la jeune femme à son chevet de malade, soignant l'homme qu'elle avait blessé, admirant son courage et sa gaieté, s'attachant à lui, s'éprenant de lui, et, trois fois, malgré elle sans doute, en une sorte d'élan instinctif avec des accès de rancune et de rage, le sauvant de la mort.

Et tout cela était si étrange, si imprévu, un tel étonnement bouleversait Lupin, que, cette fois, il n'essaya pas de la retenir quand elle se dirigea vers la porte, à reculons et sans le quitter du regard.

Elle baissa la tête, sourit un peu, et disparut.

Il sonna d'un coup brusque.

– Suis cette femme, dit-il à un domestique... Et puis non, reste ici... Après tout, cela vaut mieux...

Il demeura pensif assez longtemps. L'image de la jeune femme l'obsédait. Puis il repassa dans son esprit toute cette curieuse, émouvante et tragique histoire, où il avait été si près de succomber, et, prenant sur la table un miroir, il contempla longuement, avec une certaine complaisance, son visage que la maladie et l'angoisse n'avaient pas trop abîmé.

– Ce que c'est, pourtant, murmura-t-il, que d'être joli garçon !...

4
L'écharpe de soie rouge

Ce matin-là, en sortant de chez lui, à l'heure ordinaire où il se rendait au Palais de Justice[1], l'inspecteur principal Ganimard nota le manège assez curieux d'un individu qui marchait devant lui, le long de la rue Pergolèse.

Tous les cinquante ou soixante pas, cet homme, pauvrement vêtu, coiffé, bien qu'on fût en novembre, d'un chapeau de paille, se baissait, soit pour renouer les lacets de ses chaussures, soit pour ramasser sa canne, soit pour un tout autre motif. Et, chaque fois, il tirait de sa poche, et déposait furtivement sur le bord même du trottoir, un petit morceau de peau d'orange.

Simple manie, sans doute, divertissement puéril[2] auquel personne n'eût prêté attention ; mais Ganimard était un de ces observateurs perspicaces que rien ne laisse indifférents, et qui ne sont satisfaits que quand ils savent la raison secrète des choses. Il se mit donc à suivre l'individu.

Or, au moment où celui-ci tournait à droite par l'avenue de la Grande-Armée, l'inspecteur le surprit qui échangeait des signes avec un gamin d'une

---

1. Palais de justice de Paris, situé sur l'île de la Cité, dans le Ier arrondissement.
2. Puéril : enfantin.

douzaine d'années, lequel gamin longeait les maisons de gauche.

Vingt mètres plus loin, l'individu se baissa et releva le bas de son pantalon. Une pelure d'orange marqua son passage. À cet instant même, le gamin s'arrêta, et, à l'aide d'un morceau de craie, traça sur la maison qu'il côtoyait, une croix blanche, entourée d'un cercle.

Les deux personnages continuèrent leur promenade. Une minute après, nouvelle halte. L'inconnu ramassa une épingle et laissa tomber une peau d'orange, et aussitôt le gamin dessina sur le mur une seconde croix qu'il inscrivit également dans un cercle blanc.

« Sapristi, pensa l'inspecteur principal avec un grognement d'aise, voilà qui promet... Que diable peuvent comploter ces deux clients-là ? »

Les deux « clients » descendirent par l'avenue Friedland et par le faubourg Saint-Honoré, sans que, d'ailleurs, il se produisît un fait digne d'être retenu.

À intervalles presque réguliers, la double opération recommençait, pour ainsi dire mécaniquement. Cependant il était visible, d'une part, que l'homme aux pelures d'orange n'accomplissait sa besogne qu'après avoir choisi la maison qu'il fallait marquer, et, d'autre part, que le gamin ne marquait cette maison qu'après avoir observé le signal de son compagnon.

L'accord était donc certain, et la manœuvre surprise présentait un intérêt considérable aux yeux de l'inspecteur principal.

Place Beauvau, l'homme hésita. Puis, semblant se décider, il releva et rabattit deux fois le bas de son pantalon. Alors le gamin s'assit sur le bord du trottoir, en face du soldat qui montait la garde au ministère de l'Intérieur, et il marqua la pierre de deux petites croix et de deux cercles.

À hauteur de l'Élysée[1], même cérémonie. Seulement, sur le trottoir où cheminait le factionnaire[2] de la Présidence, il y eut trois signes au lieu de deux.

– Qu'est-ce que ça veut dire ? murmura Ganimard, pâle d'émotion, et qui, malgré lui, pensait à son éternel ennemi Lupin, comme il y pensait chaque fois que s'offrait une circonstance mystérieuse…

– Qu'est-ce que ça veut dire ?

Pour un peu, il eût empoigné et interrogé les deux « clients ». Mais il était trop habile pour commettre une pareille bêtise. D'ailleurs, l'homme aux peaux d'orange avait allumé une cigarette, et le gamin, muni également d'un bout de cigarette, s'était approché de lui dans le but apparent de lui demander du feu.

Ils échangèrent quelques paroles. Rapidement, le gamin tendit à son compagnon un objet qui avait, du moins l'inspecteur le crut, la forme d'un revolver dans sa gaine. Ils se penchèrent ensemble sur cet objet, et six fois, l'homme tourné vers le mur porta la main à sa poche et fit un geste comme s'il eût chargé une arme.

Sitôt ce travail achevé, ils revinrent sur leurs pas, gagnèrent la rue de Surène, et l'inspecteur, qui les suivait d'aussi près que possible, au risque d'éveiller leur

---

1. L'Élysée : palais de l'Élysée, résidence officielle des présidents de la République française depuis le 22 janvier 1879.
2. Factionnaire : militaire qui monte la garde, sentinelle.

attention, les vit pénétrer sous le porche d'une vieille maison dont tous les volets étaient clos, sauf ceux du troisième et dernier étage.

Il s'élança derrière eux. À l'extrémité de la porte cochère[1], il avisa au fond d'une grande cour l'enseigne d'un peintre en bâtiment et, sur la gauche, la cage d'un escalier.

Il monta, et dès le premier étage, sa hâte fut d'autant plus grande qu'il entendit, tout en haut, un vacarme, comme des coups que l'on frappe.

Quand il arriva au dernier palier, la porte était ouverte. Il entra, prêta l'oreille une seconde, perçut le bruit d'une lutte, courut jusqu'à la chambre d'où ce bruit semblait venir, et resta sur le seuil, fort essoufflé et très surpris de voir l'homme aux peaux d'orange et le gamin qui tapaient le parquet avec des chaises.

À ce moment, un troisième personnage sortit d'une pièce voisine. C'était un jeune homme de vingt-huit à trente ans, qui portait des favoris[2] coupés court, des lunettes, un veston d'appartement fourré d'astrakan[3], et qui avait l'air d'un étranger, d'un Russe.

– Bonjour, Ganimard, dit-il.

Et s'adressant aux deux compagnons :

– Je vous remercie, mes amis, et tous mes compliments pour le résultat obtenu. Voici la récompense promise.

---

1. Porte cochère : grande porte permettant aux voitures d'accéder à la cour d'un immeuble.
2. Favoris : partie de la barbe qu'on laisse pousser sur les joues.
3. Astrakan : fourrure d'agneau noire ou grise, à poils bouclés.

Il leur donna un billet de cent francs, les poussa dehors, et referma sur lui les deux portes.

– Je te demande pardon, mon vieux, dit-il à Ganimard. J'avais besoin de te parler... un besoin urgent.

Il lui offrit la main, et comme l'inspecteur restait abasourdi[1], la figure ravagée de colère, il s'exclama :

– Tu ne sembles pas comprendre... C'est pourtant clair... J'avais un besoin urgent de te voir... Alors, n'est-ce pas ?...

En affectant de répondre à une objection :

– Mais non, mon vieux, tu te trompes. Si je t'avais écrit ou téléphoné, tu ne serais pas venu... ou bien tu serais venu avec un régiment. Or je voulais te voir tout seul, et j'ai pensé qu'il n'y avait qu'à envoyer ces deux braves gens à ta rencontre, avec ordre de semer des peaux d'orange, de dessiner des croix et des cercles, bref, de te tracer un chemin jusqu'ici. Eh bien, quoi ? tu as l'air ahuri. Qu'y a-t-il ? Tu ne me reconnais pas, peut-être ? Lupin... Arsène Lupin... Fouille dans ta mémoire... Ce nom-là ne te rappelle pas quelque chose ?

– Animal, grinça Ganimard entre ses dents.

Lupin semblait désolé, et d'un ton affectueux :

– Tu es fâché ? Si, je vois ça à tes yeux... L'affaire Dugrival, n'est-ce pas ? J'aurais dû attendre que tu vinsses m'arrêter ?... Saperlipopette, l'idée ne m'en est pas venue ! Je te jure bien qu'une autre fois...

– Canaille, mâchonna Ganimard.

---

1. Abasourdi : stupéfait.

– Et moi qui croyais te faire plaisir ! Ma foi oui, je me suis dit : « Ce bon gros Ganimard, il y a longtemps qu'on ne s'est vus. Il va me sauter au cou. »

Ganimard, qui n'avait pas encore bougé, parut sortir de sa stupeur. Il regarda autour de lui, regarda Lupin, se demanda visiblement s'il n'allait pas, en effet, lui sauter au cou, puis, se dominant, il empoigna une chaise et s'installa, comme s'il eût pris subitement le parti d'écouter son adversaire.

– Parle, dit-il... et pas de balivernes. Je suis pressé.

– C'est ça, dit Lupin, causons. Impossible de rêver un endroit plus tranquille. C'est un vieil hôtel qui appartient au duc de Rochelaure, lequel, ne l'habitant jamais, m'a loué cet étage et a consenti la jouissance des communs[1] à un entrepreneur de peinture. J'ai quelques logements analogues, fort pratiques. Ici, malgré mon apparence de grand seigneur russe, je suis M. Jean Dubreuil, ancien ministre... Tu comprends, j'ai choisi une profession un peu encombrée pour ne pas attirer l'attention...

– Qu'est-ce que tu veux que ça me fiche ? interrompit Ganimard.

– En effet, je bavarde et tu es pressé. Excuse-moi, ce ne sera pas long... Cinq minutes... Je commence... Un cigare ? Non. Parfait. Moi non plus.

Il s'assit également, joua du piano sur la table tout en réfléchissant et s'exprima de la sorte :

---

1. Communs : parties secondaires d'un bâtiment réservées au service (garage, écurie, logement des domestiques...).

– Le 17 octobre 1599, par une belle journée chaude et joyeuse… Tu me suis bien ?… Donc, le 17 octobre 1599… Au fait, est-il absolument nécessaire de remonter jusqu'au règne d'Henri IV[1] et de te documenter sur la chronique du Pont-Neuf[2] ? Non, tu ne dois pas être ferré[3] en histoire de France, et je risque de te brouiller les idées. Qu'il te suffise donc de savoir que, cette nuit, vers une heure du matin, un batelier[4] qui passait sous la dernière arche de ce même Pont-Neuf, côté rive gauche, entendit tomber, à l'avant de sa péniche, une chose qu'on avait lancée du haut du pont, et qui était visiblement destinée aux profondeurs de la Seine. Son chien se précipita en aboyant, et, quand le batelier parvint à l'extrémité de sa péniche, il vit que sa bête secouait avec sa gueule un morceau de journal qui avait servi à envelopper divers objets. Il recueillit ceux des objets qui n'étaient pas tombés à l'eau et, rentré dans sa cabine, les examina. L'examen lui parut intéressant, et, comme cet homme est en relations avec un de mes amis, il me fit prévenir. Et ce matin, on me réveillait pour me mettre au courant de l'affaire et en possession des objets recueillis. Les voici.

Il les montra, rangés sur une table. Il y avait d'abord les bribes déchirées d'un numéro de journal. Il y avait ensuite un gros encrier de cristal, au couvercle duquel

---

1. Henri IV : roi de France de 1589 à 1610.
2. Pont-Neuf : aujourd'hui le plus ancien pont de Paris, construit à la pointe ouest de l'île de la Cité sous les règnes d'Henri III et d'Henri IV.
3. Ferré : instruit, connaisseur (familier).
4. Batelier : personne qui pilote un bateau sur un fleuve ou une rivière.

était attaché un long bout de ficelle. Il y avait un petit éclat de verre, puis une sorte de cartonnage flexible, réduit en chiffon. Et il y avait enfin un morceau de soie rouge écarlate, terminé par un gland[1] de même étoffe et de même couleur.

– Tu vois nos pièces à conviction[2], mon bon ami, reprit Lupin. Certes, le problème à résoudre serait plus facile si nous avions les autres objets que la stupidité du chien a dispersés. Mais il me semble cependant qu'on peut s'en tirer avec un peu de réflexion et d'intelligence. Et ce sont là précisément tes qualités maîtresses. Qu'en dis-tu ?

Ganimard ne broncha pas. Il consentait à subir les bavardages de Lupin, mais sa dignité lui commandait de n'y répondre ni par un seul mot, ni même par un hochement de tête qui pût passer pour une approbation ou une critique.

– Je vois que nous sommes entièrement du même avis, continua Lupin, sans paraître remarquer le silence de l'inspecteur principal. Et je résume ainsi, en une phrase définitive, l'affaire telle que la racontent ces pièces à conviction. *Hier soir, entre neuf heures et minuit, une demoiselle d'allures excentriques fut blessée à coups de couteau, puis serrée à la gorge jusqu'à ce que mort s'ensuivît, par un monsieur bien habillé, portant monocle*[3],

---

1. Gland : pompon de forme arrondie, recouvert de fils, servant à décorer des vêtements, des tentures.
2. Pièce à conviction : objet servant de preuve dans une enquête judiciaire.
3. Monocle : unique verre de lunette circulaire qui se place dans l'arcade sourcilière.

appartenant au monde des courses, et avec lequel ladite demoiselle venait de manger trois meringues et un éclair au café.

Lupin alluma une cigarette, et, saisissant la manche de Ganimard :

– Hein ! ça t'en bouche un coin, inspecteur principal ! Tu t'imaginais que, dans le domaine des déductions policières, de pareils tours de force étaient interdits au profane. Erreur, monsieur. Lupin jongle avec les déductions comme un détective de roman. Mes preuves ? Aveuglantes et enfantines.

Et il reprit, en désignant les objets au fur et à mesure de sa démonstration :

– Ainsi donc, *hier soir après neuf heures* (ce fragment de journal porte la date d'hier et la mention « journal du soir » ; en outre tu peux voir ici, collée au papier, une parcelle de ces bandes jaunes sous lesquelles on envoie les numéros d'abonnés, numéros qui n'arrivent à domicile qu'au courrier de neuf heures) – donc, après neuf heures, *un monsieur bien habillé* (veuille bien noter que ce petit éclat de verre présente sur un des bords le trou rond d'un monocle, et que le monocle est un ustensile essentiellement aristocratique), *un monsieur bien habillé est entré dans une pâtisserie* (voici le cartonnage très mince, en forme de boîte, où l'on voit encore un peu de la crème des meringues et de l'éclair qu'on y rangea selon l'habitude).

Muni de son paquet, le monsieur au monocle rejoignit cette jeune personne dont cette écharpe de soie rouge écarlate indique suffisamment les *allures excentriques*. L'ayant rejointe, et pour des motifs encore inconnus, il la frappa d'abord à *coups de couteau, puis l'étrangla à l'aide de cette écharpe de soie.* (Prends ta loupe, inspecteur principal, et tu verras, sur la soie, des marques d'un rouge plus foncé qui sont, ici, les marques d'un couteau que l'on essuie, et là, celles d'une main sanglante qui se cramponne à une étoffe.) Son crime commis, et afin de ne laisser aucune trace derrière lui, il sort de sa poche : 1° le journal auquel il est abonné, et qui (parcours ce fragment) est un journal de courses dont il te sera facile de connaître le titre ; 2° une corde qui se trouve être une corde à fouet (et ces deux détails te prouvent, n'est-ce pas, que notre homme s'intéresse aux courses et s'occupe lui-même de cheval). Ensuite, il recueille les débris de son monocle dont le cordon s'est cassé pendant la lutte. Il coupe avec des ciseaux (examine les hachures des ciseaux), il coupe la partie maculée de l'écharpe, laissant l'autre sans doute aux mains crispées de la victime. Il fait une boule avec le cartonnage du pâtissier. Il dépose aussi certains objets dénonciateurs qui, depuis, ont dû glisser dans la Seine, comme le couteau. Il enveloppe le tout avec un journal, ficelle, et attache, pour faire poids, cet encrier de cristal. Puis il décampe. Un instant plus tard, le paquet tombe sur la péniche du marinier. Et voilà. Ouf ! j'en ai chaud. Que dis-tu de l'aventure ?

Il observa Ganimard pour se rendre compte de l'effet que son discours avait produit sur l'inspecteur. Ganimard ne se départit pas de son mutisme.

Lupin se mit à rire.

– Au fond, tu es estomaqué[1]. Mais tu te défies. "Pourquoi ce diable de Lupin me passe-t-il cette affaire, au lieu de la garder pour lui, de courir après l'assassin, et de le dépouiller, s'il y a eu vol ?" Évidemment, la question est logique. Mais… il y a un mais : je n'ai pas le temps. À l'heure actuelle, je suis débordé de besogne. Un cambriolage à Londres, un autre à Lausanne, une substitution d'enfant à Marseille, le sauvetage d'une jeune fille autour de qui rôde la mort, tout me tombe à la fois sur les bras. Alors je me suis dit : "Si je passais l'affaire à ce bon Ganimard ? Maintenant qu'elle est à moitié débrouillée, il est bien capable de réussir. Et quel service je lui rends ! comme il va pouvoir se distinguer !"

« Aussitôt dit, aussitôt fait. À huit heures du matin, j'expédiais à ta rencontre le type aux peaux d'orange. Tu mordais à l'hameçon, et, à neuf heures, tu arrivais ici tout frétillant.

Lupin s'était levé. Il se baissa un peu vers l'inspecteur et lui dit, les yeux dans les yeux :

– Un point c'est tout. L'histoire est finie. Tantôt, probablement, tu connaîtras la victime… quelque danseuse de ballet, quelque chanteuse de café-concert[2]. D'autre part, il y a des chances pour que le coupable habite aux environs du Pont-Neuf, et plutôt sur la rive gauche. Enfin, voici toutes les pièces à conviction. Je

---

1. Estomaqué : stupéfait, épaté (familier).
2. Café-concert : salle où le public écoutait des chanteurs en consommant.

t'en fais cadeau. Travaille. Je ne garde que ce bout d'écharpe. Si tu as besoin de reconstituer l'écharpe tout entière, apporte-moi l'autre bout, celui que la justice recueillera au cou de la victime. Apporte-le-moi dans un mois, jour pour jour, c'est-à-dire le 28 décembre prochain, à 10 heures. Tu es sûr de me trouver. Et sois sans crainte : tout cela est sérieux, mon bon ami, je te le jure. Aucune fumisterie[1]. Tu peux aller de l'avant. Ah ! à propos, un détail qui a son importance. Quand tu arrêteras le type au monocle, attention ; il est gaucher. Adieu, ma vieille, et bonne chance !

Lupin fit une pirouette, gagna la porte, l'ouvrit et disparut, avant même que Ganimard ne songeât à prendre une décision. D'un bond, l'inspecteur se précipita, mais il constata aussitôt que la poignée de la serrure, grâce à un mécanisme qu'il ignorait, ne tournait pas. Il lui fallut dix minutes pour dévisser cette serrure, dix autres pour dévisser celle de l'antichambre. Quand il eut dégringolé les trois étages, Ganimard n'avait plus le moindre espoir de rejoindre Arsène Lupin.

D'ailleurs, il n'y pensait pas. Lupin lui inspirait un sentiment bizarre et complexe où il y avait de la peur, de la rancune, une admiration involontaire et aussi l'intuition confuse que, malgré tous ses efforts, malgré la persistance de ses recherches, il n'arriverait jamais à bout d'un pareil adversaire. Il le poursuivait par devoir et par amour-propre, mais avec la crainte continuelle

---

1. Fumisterie : blague, tromperie.

d'être dupé par ce redoutable mystificateur[1], et bafoué devant un public toujours prêt à rire de ses mésaventures.

En particulier, l'histoire de cette écharpe rouge lui sembla bien équivoque. Intéressante, certes, par plus d'un côté, mais combien invraisemblable ! Et combien aussi l'explication de Lupin, si logique en apparence, résistait peu à un examen sévère :

« Non, se dit Ganimard, tout cela c'est de la blague… un ramassis de suppositions et d'hypothèses qui ne repose sur rien. Je ne marche pas. »

Quand il parvint au 36 du quai des Orfèvres[2], il était absolument décidé à tenir l'incident pour nul et non avenu.

Il monta au service de la Sûreté. Là, un de ses camarades lui dit :

– Tu as vu le chef ?
– Non.
– Il te demandait tout à l'heure.
– Ah ?
– Oui, va le rejoindre.
– Où ?
– Rue de Berne… un assassinat qui a été commis cette nuit…
– Ah ! et la victime ?
– Je ne sais pas trop… une chanteuse de café-concert, je crois.

---

1. Mystificateur : trompeur, farceur.
2. Siège de la police judiciaire de Paris, sur l'île de la Cité, jusqu'en 2017.

Ganimard murmura simplement :

– Crebleu de crebleu !…

Vingt minutes après, il sortait du métro et se dirigeait vers la rue de Berne.

La victime, connue dans le monde des théâtres sous le sobriquet[1] de Jenny Saphir, occupait un modeste appartement situé au second étage. Conduit par un agent de police, l'inspecteur principal traversa d'abord deux pièces, puis pénétra dans la chambre où se trouvaient déjà les magistrats chargés de l'enquête, le chef de la Sûreté, M. Dudouis, et un médecin légiste[2].

Au premier coup d'œil, Ganimard tressaillit. Il avait aperçu, couché sur un divan, le cadavre d'une jeune femme dont les mains se crispaient à un *lambeau de soie rouge* ! L'épaule, qui apparaissait hors du corsage échancré, portait la marque de deux blessures autour desquelles le sang s'était figé. La face, convulsée, presque noire, gardait une expression d'épouvante folle.

Le médecin légiste, qui venait de terminer son examen, prononça :

– Mes premières conclusions sont très nettes. La victime a d'abord été frappée de deux coups de poignard, puis étranglée. La mort par asphyxie est visible.

« Crebleu de crebleu ! » pensa de nouveau Ganimard qui se rappelait les paroles de Lupin, son évocation du crime…

Le juge d'instruction objecta :

---

1. Sobriquet : surnom familier.
2. Médecin légiste : médecin spécialiste de médecine légale, chargé notamment d'établir la cause du décès d'un individu.

– Cependant le cou n'offre point d'ecchymose[1].

– La strangulation, déclara le médecin, a pu être pratiquée à l'aide de cette écharpe de soie que la victime portait et dont il reste ce morceau auquel elle s'était cramponnée des deux mains pour se défendre.

– Mais pourquoi, dit le juge, ne reste-t-il que ce morceau ? Qu'est devenu l'autre ?

– L'autre, maculé de sang peut-être, aura été emporté par l'assassin. On distingue très bien le déchiquetage hâtif des ciseaux.

– Crebleu de crebleu ! répéta Ganimard entre ses dents pour la troisième fois, cet animal de Lupin a tout vu sans être là !

– Et le motif du crime ? demanda le juge. Les serrures ont été fracturées, les armoires bouleversées. Avez-vous quelques renseignements, monsieur Dudouis ?

Le chef de la Sûreté répliqua :

– Je puis tout au moins avancer une hypothèse, qui résulte des déclarations de la bonne. La victime, dont le talent de chanteuse était médiocre, mais que l'on connaissait pour sa beauté, a fait, il y a deux ans, un voyage en Russie, d'où elle est revenue avec un magnifique saphir[2] que lui avait donné, paraît-il, un personnage de la cour. Jenny Saphir, comme on appelait la jeune femme depuis ce jour, était très fière de ce cadeau, bien que, par prudence, elle ne le portât pas. N'est-il pas à supposer que le vol du saphir fut la cause du crime ?

---

1. Ecchymose : bleu, hématome.
2. Saphir : pierre précieuse de couleur bleue.

— Mais la femme de chambre connaissait l'endroit où se trouvait la pierre ?

— Non, personne ne le connaissait. Et le désordre de cette pièce tendrait à prouver que l'assassin l'ignorait également.

— Nous allons interroger la femme de chambre, prononça le juge d'instruction.

M. Dudouis prit à part l'inspecteur principal, et lui dit :

— Vous avez l'air tout drôle. Ganimard. Qu'y a-t-il ? Est-ce que vous soupçonnez quelque chose ?

— Rien du tout, chef.

— Tant pis. Nous avons besoin d'un coup d'éclat à la Sûreté. Voilà plusieurs crimes de ce genre dont l'auteur n'a pu être découvert. Cette fois-ci, il nous faut le coupable, et rapidement.

— Difficile, chef.

— Il le faut. Écoutez-moi, Ganimard. D'après la femme de chambre, Jenny Saphir, qui avait une vie très régulière, recevait fréquemment, depuis un mois, à son retour du théâtre, c'est-à-dire vers dix heures et demie, un individu qui restait environ jusqu'à minuit. « C'est un homme du monde, prétendait Jenny Saphir : il veut m'épouser. » Cet homme du monde prenait d'ailleurs toutes les précautions pour n'être pas vu, relevant le col de son vêtement et rabattant les bords de son chapeau quand il passait devant la loge de la concierge. Et Jenny Saphir, avant même qu'il n'arrivât, éloignait toujours sa femme de chambre. C'est cet individu qu'il s'agit de retrouver.

— Il n'a laissé aucune trace ?

— Aucune. Il est évident que nous sommes en présence d'un gaillard très fort, qui a préparé son crime, et qui l'a exécuté avec toutes les chances possibles d'impunité. Son arrestation nous fera grand honneur. Je compte sur vous, Ganimard.

— Ah ! vous comptez sur moi, chef, répondit l'inspecteur. Eh bien, on verra… on verra… Je ne dis pas non… Seulement…

Il semblait très nerveux et son agitation frappa M. Dudouis.

— Seulement, poursuivit Ganimard, seulement je vous jure… vous entendez, chef, je vous jure…

— Vous me jurez quoi ?

— Rien… on verra ça, chef… on verra…

Ce n'est que dehors, une fois seul, que Ganimard acheva sa phrase. Et il l'acheva tout haut, en frappant du pied, et avec l'accent de la colère la plus vive :

— Seulement, je jure devant Dieu que l'arrestation se fera par mes propres moyens, et sans que j'emploie un seul des renseignements que m'a fournis ce misérable. Ah ! non, alors…

Pestant contre Lupin, furieux d'être mêlé à cette affaire, et résolu cependant à la débrouiller, il se promena au hasard des rues. Le cerveau tumultueux, il cherchait à mettre un peu d'ordre dans ses idées et à découvrir, parmi les faits épars, un petit détail, inaperçu de tous, non soupçonné de Lupin, qui pût le conduire au succès.

Il déjeuna rapidement chez un marchand de vins,

puis reprit sa promenade, et tout à coup s'arrêta, stupéfait, confondu. Il pénétrait sous le porche de la rue de Surène, dans la maison même où Lupin l'avait attiré quelques heures auparavant. Une force plus puissante que sa volonté l'y conduisait de nouveau. La solution du problème était là. Là, se trouvaient tous les éléments de la vérité. Quoi qu'il fît, les assertions[1] de Lupin étaient si exactes, ses calculs si justes, que troublé jusqu'au fond de l'être par une divination aussi prodigieuse, il ne pouvait que reprendre l'œuvre au point où son ennemi l'avait laissée.

Sans plus de résistance, il monta les trois étages. L'appartement était ouvert. Personne n'avait touché aux pièces à conviction. Il les empocha.

Dès lors, il raisonna et il agit pour ainsi dire mécaniquement, sous les impulsions du maître auquel il ne pouvait pas ne pas obéir.

En admettant que l'inconnu habitât aux environs du Pont-Neuf, il fallait découvrir, sur le chemin qui mène de ce pont à la rue de Berne, l'importante pâtisserie ouverte le soir, où les gâteaux avaient été achetés. Les recherches ne furent pas longues. Près de la gare Saint-Lazare, un pâtissier lui montra de petites boîtes en carton, identiques, comme matière et comme forme, à celle que Ganimard possédait. En outre, une des vendeuses se rappelait avoir servi, la veille au soir, un monsieur engoncé dans son col de fourrure, mais dont elle avait aperçu le monocle.

---

1. Assertion : affirmation.

« Voilà, contrôlé, un premier indice, pensa l'inspecteur, notre homme porte un monocle. »

Il réunit ensuite les fragments du journal de courses et les soumit à un marchand de journaux qui reconnut aisément Le Turf illustré. Aussitôt, il se rendit aux bureaux du Turf et demanda la liste des abonnés. Sur cette liste, il releva les noms et adresses de tous ceux qui demeuraient dans les parages du Pont-Neuf, et principalement, *puisque Lupin l'avait dit*, sur la rive gauche du fleuve.

Il retourna ensuite à la Sûreté, recruta une demi-douzaine d'hommes, et les expédia avec les instructions nécessaires.

À sept heures du soir, le dernier de ces hommes revint et lui annonça la bonne nouvelle. Un M. Prévailles, abonné au Turf, habitait un entresol[1] sur le quai des Augustins. La veille au soir, il sortait de chez lui, vêtu d'une pelisse[2] de fourrure, recevait des mains de la concierge sa correspondance et son journal Le Turf illustré, s'éloignait et rentrait vers minuit.

Ce M. Prévailles portait un monocle. C'était un habitué des courses, et lui-même possédait plusieurs chevaux qu'il montait ou mettait en location.

L'enquête avait été si rapide, les résultats étaient si conformes aux prédictions de Lupin que Ganimard se sentit bouleversé en écoutant le rapport de l'agent. Une fois de plus, il mesurait l'étendue prodigieuse des

---

1. Entresol : étage intermédiaire entre le rez-de-chaussée et le premier étage d'un immeuble.
2. Pelisse : manteau doublé d'une fourrure.

ressources dont Lupin disposait. Jamais, au cours de sa vie déjà longue, il n'avait rencontré une telle clairvoyance, un esprit aussi aigu et aussi prompt.

Il alla trouver M. Dudouis.

– Tout est prêt, chef. Vous avez un mandat ?

– Hein ?

– Je dis que tout est prêt pour l'arrestation, chef.

– Vous savez qui est l'assassin de Jenny Saphir ?

– Oui.

– Mais comment ? Expliquez-vous.

Ganimard éprouva quelque scrupule, rougit un peu, et cependant répondit :

– Un hasard, chef. L'assassin a jeté dans la Seine tout ce qui pouvait le compromettre. Une partie du paquet a été recueillie et me fut remise.

– Par qui ?

– Un batelier qui n'a pas voulu dire son nom, craignant les représailles. Mais j'avais tous les indices nécessaires. La besogne était facile.

Et l'inspecteur raconta comment il avait procédé.

– Et vous appelez cela un hasard ! s'écria M. Dudouis. Et vous dites que la besogne était facile ! Mais c'est une de vos plus belles campagnes. Menez-la jusqu'au bout vous-même, mon cher Ganimard, et soyez prudent.

Ganimard avait hâte d'en finir. Il se rendit au quai des Augustins avec ses hommes qu'il répartit autour de la maison. La concierge, interrogée, déclara que son locataire prenait ses repas dehors, mais qu'il passait régulièrement chez lui après son dîner.

De fait, un peu avant neuf heures, penchée à sa

fenêtre, elle avertit Ganimard, qui donna aussitôt un léger coup de sifflet. Un monsieur en chapeau haut de forme, enveloppé dans sa pelisse de fourrure, suivait le trottoir qui longe la Seine. Il traversa la chaussée et se dirigea vers la maison.

Ganimard s'avança :

– Vous êtes bien monsieur Prévailles ?

– Oui, mais vous-même ?...

– Je suis chargé d'une mission...

Il n'eut pas le temps d'achever sa phrase. À la vue des hommes qui surgissaient de l'ombre, Prévailles avait reculé vivement jusqu'au mur, et tout en faisant face à ses adversaires, il se tenait adossé contre la porte d'une boutique située au rez-de-chaussée et dont les volets étaient clos.

– Arrière, cria-t-il, je ne vous connais pas.

Sa main droite brandissait une lourde canne, tandis que sa main gauche, glissée derrière lui, semblait chercher à ouvrir la porte.

Ganimard eut l'impression qu'il pouvait s'enfuir par là et par quelque issue secrète.

– Allons, pas de blague, dit-il en s'approchant... Tu es pris... Rends-toi.

Mais au moment où il empoignait la canne de Prévailles, Ganimard se souvint de l'avertissement donné par Lupin : Prévailles était gaucher, et c'était son revolver qu'il cherchait de la main gauche.

L'inspecteur se baissa rapidement, il avait vu le geste subit de l'individu. Deux détonations retentirent. Personne ne fut touché.

Quelques secondes après, Prévailles recevait un coup de crosse au menton, qui l'abattait sur-le-champ. À neuf heures, on l'écrouait au Dépôt[1].

Ganimard, à cette époque, jouissait déjà d'une grande réputation. Cette capture opérée si brusquement, et par des moyens très simples que la police se hâta de divulguer, lui valut une célébrité soudaine. On chargea aussitôt Prévailles de tous les crimes demeurés impunis, et les journaux exaltèrent les prouesses de Ganimard.

L'affaire, au début, fut conduite vivement. Tout d'abord on constata que Prévailles, de son véritable nom Thomas Derocq, avait eu déjà maille à partir[2] avec la justice. En outre, la perquisition[3] que l'on fit chez lui, si elle ne provoqua pas de nouvelles preuves, amena cependant la découverte d'un peloton de corde semblable à la corde employée autour du paquet, et la découverte de poignards qui auraient produit une blessure analogue aux blessures de la victime.

Mais, le huitième jour, tout changea. Prévailles, qui, jusqu'ici, avait refusé de répondre, Prévailles, assisté de son avocat, opposa un alibi très net : le soir du crime, il était aux Folies-Bergère[4].

---

1. On l'écrouait au Dépôt : on l'incarcérait dans le lieu de détention provisoire du Palais de Justice.
2. Avait eu déjà maille à partir : avait déjà eu des difficultés, des différends.
3. Perquisition : fouille effectuée par la police dans le cadre d'une enquête judiciaire.
4. Folies-Bergère : salle de spectacle parisienne, située dans le IXe arrondissement, ouverte en 1869.

De fait on finit par trouver, dans la poche de son smoking, un coupon de fauteuil et un programme de spectacle qui tous deux portaient la date de ce soir-là.

– Alibi préparé, objecta le juge d'instruction.

– Prouvez-le, répondit Prévailles.

Des confrontations eurent lieu. La demoiselle de la pâtisserie *crut reconnaître* le monsieur au monocle. Le concierge de la rue de Berne *crut reconnaître* le monsieur qui rendait visite à Jenny Saphir. Mais personne n'osait rien affirmer de plus.

Ainsi l'instruction ne rencontrait rien de précis, aucun terrain solide sur lequel on eût pu établir une accusation sérieuse.

Le juge fit venir Ganimard et lui conta son embarras.

– Il m'est impossible d'insister davantage, les charges[1] manquent.

– Cependant, vous êtes convaincu, monsieur le juge d'instruction ! Prévailles se serait laissé arrêter sans résistance s'il n'avait pas été coupable.

– Il prétend qu'il a cru à une attaque. De même il prétend qu'il n'a jamais vu Jenny Saphir, et, en vérité, nous ne trouvons personne pour le confondre[2]. Et pas davantage, en admettant que le saphir ait été volé, nous n'avons pu le trouver chez lui.

– Ailleurs non plus, objecta Ganimard.

– Soit, mais ce n'est pas une charge contre lui, cela.

---

1. Charge : indice de culpabilité.
2. Le confondre : prouver publiquement qu'il ment.

Savez-vous ce qu'il nous faudrait, monsieur Ganimard, et avant peu ? L'autre bout de cette écharpe rouge.

– L'autre bout ?

– Oui, car il est évident que si l'assassin l'a emporté, c'est que les marques sanglantes de ses doigts sont sur l'étoffe.

Ganimard ne répondit pas. Depuis plusieurs jours il sentait bien que toute l'aventure tendait vers ce dénouement. Il n'y avait pas d'autre preuve possible. Avec l'écharpe de soie, et avec cela seulement, la culpabilité de Prévailles était certaine. Or la situation de Ganimard exigeait cette culpabilité. Responsable de l'arrestation, illustré par elle, prôné comme l'adversaire le plus redoutable des malfaiteurs, il devenait absolument ridicule si Prévailles était relâché.

Par malheur, l'unique et indispensable preuve était dans la poche de Lupin. Comment l'y reprendre ?

Ganimard chercha, il s'épuisa en nouvelles investigations, refit l'enquête, passa des nuits blanches à scruter le mystère de la rue de Berne, reconstitua l'existence de Prévailles, mobilisa dix hommes pour découvrir l'invisible saphir. Tout fut inutile.

Le 27 décembre, le juge d'instruction l'interpella dans les couloirs du Palais.

– Eh bien, monsieur Ganimard, du nouveau ?

– Non, monsieur le juge d'instruction.

– En ce cas, j'abandonne l'affaire.

– Attendez un jour encore.

– Pourquoi ? Il nous faudrait l'autre bout de l'écharpe : l'avez-vous ?

– Je l'aurai demain.

– Demain ?

– Oui, mais confiez-moi le morceau qui est en votre possession.

– Moyennant quoi ?

– Moyennant quoi je vous promets de reconstituer l'écharpe complète.

– Entendu.

Ganimard entra dans le cabinet du juge. Il en sortit avec le lambeau de soie.

– Crénom de bon sang, oui, bougonnait-il, j'irai la chercher, la preuve, et je l'aurai… Si toutefois M. Lupin ose venir au rendez-vous.

Au fond, il ne doutait pas que M. Lupin n'eût cette audace, et c'était ce qui, précisément, l'agaçait. Pourquoi Lupin le voulait-il, ce rendez-vous ? Quel but poursuivait-il en l'occurrence ?

Inquiet, la rage au cœur, plein de haine, il résolut de prendre toutes les précautions nécessaires, non seulement pour ne pas tomber dans un guet-apens[1], mais même pour ne pas manquer, puisque l'occasion s'en présentait, de prendre son ennemi au piège. Et le lendemain, qui était le 28 décembre, jour fixé par Lupin, après avoir étudié, toute la nuit, le vieil hôtel de la rue de Surène et s'être convaincu qu'il n'y avait d'autre issue que la grande porte, après avoir prévenu ses hommes qu'il allait accomplir une expédition dangereuse, c'est avec eux qu'il arriva sur le champ de bataille.

---

1. Guet-apens : piège, traquenard.

Il les posta dans un café. La consigne était formelle : s'il apparaissait à l'une des fenêtres du troisième étage, ou s'il ne revenait pas au bout d'une heure, les agents devaient envahir la maison et arrêter quiconque essaierait d'en sortir.

L'inspecteur principal s'assura que son revolver fonctionnait bien, et qu'il pourrait le tirer facilement de sa poche. Puis il monta.

Il fut assez surpris de revoir les choses comme il les avait laissées, c'est-à-dire les portes ouvertes et les serrures fracturées. Ayant constaté que les fenêtres de la chambre principale donnaient bien sur la rue, il visita les trois autres pièces qui constituaient l'appartement. Il n'y avait personne.

— M. Lupin a eu peur, murmura-t-il, non sans une certaine satisfaction.

— T'es bête, dit une voix derrière lui.

S'étant retourné, il vit sur le seuil un vieil ouvrier en longue blouse de peintre.

— Cherche pas, dit l'homme. C'est moi, Lupin. Je travaille depuis ce matin chez l'entrepreneur de peinture. En ce moment, c'est l'heure du repas. Alors je suis monté.

Il observait Ganimard avec un sourire joyeux, et il s'écria :

— Vrai ! c'est une satanée minute que j'te dois là, mon vieux. J'la vendrais pas pour dix ans de ta vie, et cependant j't'aime bien ! Qu'en penses-tu, l'artiste ? Est-ce combiné, prévu ? prévu depuis A jusqu'à Z ? J'l'ai t'i comprise, l'affaire ? J'l'ai t'i pénétré, l'mystère de l'écharpe ? Je n't'e dis pas qu'il n'y avait pas des trous dans mon argumentation, des mailles qui manquaient à la chaîne… Mais quel chef-d'œuvre d'intelligence ! Quelle reconstitution, Ganimard ! Quelle intuition de tout ce qui avait eu lieu, et de tout ce qui allait avoir lieu depuis la découverte du crime jusqu'à ton arrivée ici, en quête d'une preuve ! Quelle divination vraiment merveilleuse ! T'as l'écharpe ?

– La moitié, oui. Tu as l'autre ?
– La voici. Confrontons.

Ils étalèrent les deux morceaux de soie sur la table. Les échancrures faites par les ciseaux correspondaient exactement. En outre les couleurs étaient identiques.

– Mais je suppose, dit Lupin, que tu n'es pas venu seulement pour cela. Ce qui t'intéresse, c'est de voir les marques du sang. Suis-moi, Ganimard, le jour n'est pas suffisant ici.

Ils passèrent dans la pièce voisine, située du côté de la cour, et plus claire en effet, et Lupin appliqua son étoffe sur la vitre.

– Regarde, dit-il en laissant la place à Ganimard.

L'inspecteur tressaillit de joie. Distinctement on voyait les traces des cinq doigts et l'empreinte de la paume. La preuve était irrécusable. De sa main ensanglantée, de cette même main qui avait frappé Jenny Saphir, l'assassin avait empoigné l'étoffe et noué l'écharpe autour du cou.

– Et c'est l'empreinte d'une main gauche, nota Lupin… D'où mon avertissement, qui n'avait rien de miraculeux, comme tu vois. Car, si j'admets que tu me considères comme un esprit supérieur, mon bon ami, je ne veux pas cependant que tu me traites de sorcier.

Ganimard avait empoché prestement le morceau de soie. Lupin l'approuva.

— Mais oui, mon gros, c'est pour toi. Ça me fait tant de plaisir de te faire plaisir ! Et tu vois, il n'y avait pas de piège dans tout cela... rien que de l'obligeance[1]... un service de camarade à camarade, de copain à copain... Et aussi, je te l'avoue, un peu de curiosité... Oui, je voulais examiner l'autre morceau de soie... Celui de la police... N'aie pas peur. N'aie pas peur, je vais te le rendre... Une seconde seulement.

D'un geste nonchalant, et tandis que Ganimard l'écoutait malgré lui, il s'amusait avec le gland qui terminait la moitié de l'écharpe.

— Comme c'est ingénieux, ces petits ouvrages de femme ! As-tu remarqué ce détail de l'enquête ? Jenny Saphir était très adroite, et confectionnait elle-même ses chapeaux et ses robes. Il est évident que cette écharpe a été faite par elle... D'ailleurs, je m'en suis aperçu dès le premier jour. Curieux de ma nature, comme j'ai l'honneur de te le dire, j'avais étudié à fond le morceau de soie que tu viens d'empocher, et dans l'intérieur même du gland, j'avais découvert une petite médaille de sainteté que la pauvre fille avait mise là comme un porte-bonheur. Détail touchant, n'est-ce pas, Ganimard ? Une petite médaille de Notre-Dame de Bon-Secours.

---

1. Obligeance : volonté de rendre service, amabilité.

L'inspecteur ne le quittait pas des yeux, très intrigué. Et Lupin continuait :

– Alors, je me suis dit : comme il serait intéressant d'explorer l'autre moitié de l'écharpe, celle que la police trouvera au cou de la victime ! Car cette autre moitié, *que je tiens enfin*, est terminée de la même façon... De sorte que je saurai si la même cachette existe et ce qu'elle renferme... Mais regarde donc, mon bon ami, est-ce habilement fait ! Et si peu compliqué ! Il suffit de prendre un écheveau de cordonnet[1] rouge et de le tresser autour d'une olive de bois creuse, tout en réservant, au milieu, une petite retraite, un petit vide, étroit forcément, mais suffisant pour qu'on puisse y mettre une médaille de sainteté, ou toute autre chose... Un bijou, par exemple... Un saphir...

Au même instant, il achevait d'écarter les cordonnets de soie, et, au creux d'une olive, il saisissait entre le pouce et l'index une admirable pierre bleue, d'une pureté et d'une taille parfaites.

– Hein, que disais-je, mon bon ami ?

Il leva la tête. L'inspecteur, livide, les yeux hagards, semblait ahuri, fasciné par la pierre qui miroitait devant lui. Il comprenait enfin toute la machination.

– Animal, murmura-t-il, retrouvant son injure de la première entrevue.

Les deux hommes étaient dressés l'un contre l'autre.

– Rends-moi ça, fit l'inspecteur.

Lupin tendit le morceau d'étoffe.

---

1. Écheveau de cordonnet : assemblage de fils de soie d'un petit cordon.

— Et le saphir ! ordonna Ganimard.

— T'es bête.

— Rends-moi ça, sinon...

— Sinon, quoi, espèce d'idiot ? s'écria Lupin. Ah ça ! mais, t'imagines-tu que c'est pour des prunes[1] que je t'ai octroyé l'aventure ?

— Rends-moi ça !

— Tu m'as pas regardé ? Comment ! voilà quatre semaines que je te fais marcher comme un daim, et tu voudrais... Voyons, Ganimard, un petit effort, mon gros... Comprends que, depuis quatre semaines, tu n'es que le bon caniche... Ganimard, apporte... apporte au monsieur... Ah ! le bon toutou à son père... Faites le beau... Susucre ?

Contenant la colère qui bouillonnait en lui, Ganimard ne songeait qu'à une chose, appeler ses agents. Et comme la pièce où il se trouvait donnait sur la cour, peu à peu, par un mouvement tournant, il essayait de revenir à la porte de communication. D'un bond, il sauterait alors vers la fenêtre et casserait l'un des carreaux.

— Faut-il tout de même, continuait Lupin, que vous en ayez une couche[2], toi et les autres ! Depuis le temps que vous tenez l'étoffe, il n'y en a pas un qui ait eu l'idée de la palper, pas un qui se soit demandé la raison pour laquelle la pauvre fille s'accrochait à son écharpe. Pas un ! Vous agissez au hasard, sans réfléchir, sans rien prévoir.

---

1. Pour des prunes : pour rien (familier).
2. En ayez une couche : soyez idiots, bornés (familier).

L'inspecteur avait atteint son but. Profitant d'une seconde où Lupin s'éloignait de lui, il fit volte-face soudain, et saisit la poignée de la porte. Mais un juron lui échappa : la poignée ne bougea pas.

Lupin s'esclaffa.

– Même pas ça ! tu n'avais même pas prévu ça ! Tu me tends un traquenard, et tu n'admets pas que je puisse flairer la chose d'avance… Et tu te laisses conduire dans cette chambre, sans te demander si je ne t'y conduis pas exprès, et sans te rappeler que les serrures sont munies de mécanismes spéciaux ! Voyons, en toute sincérité, qu'est-ce que tu dis de cela ?

– Ce que j'en dis ?… proféra Ganimard, hors de lui.

Rapidement, il avait tiré son revolver et visait l'ennemi en pleine figure.

– Haut les mains ! s'écria-t-il.

Lupin se planta devant lui, en levant les épaules.

– Encore la gaffe.

– Haut les mains, je te répète !

– Encore la gaffe. Ton ustensile ne partira pas.

– Quoi ?

– Ta femme de ménage, la vieille Catherine, est à mon service. Elle a mouillé la poudre ce matin, pendant que tu prenais ton café au lait.

Ganimard eut un mouvement de rage, empocha l'arme, et se jeta sur Lupin.

– Après ? fit celui-ci, en l'arrêtant net d'un coup de pied sur la jambe.

Leurs vêtements se touchaient presque. Leurs regards

se provoquaient, comme les regards de deux adversaires qui vont en venir aux mains.

Pourtant, il n'y eut pas de combat. Le souvenir des luttes précédentes rendait la lutte inutile. Et Ganimard, qui se rappelait toutes les défaites passées, ses vaines attaques, les ripostes foudroyantes de Lupin, ne bougeait pas. Il n'y avait rien à faire, il le sentait. Lupin disposait des forces contre lesquelles toute force individuelle se brisait. Alors, à quoi bon ?

– N'est-ce pas ? prononça Lupin, d'une voix amicale, il vaut mieux en rester là. D'ailleurs, mon bon ami, réfléchis bien à tout ce que l'aventure t'a rapporté : la gloire, la certitude d'un avancement prochain, et, grâce à cela, la perspective d'une heureuse vieillesse. Tu ne voudrais pas cependant y ajouter la découverte du saphir et la tête de ce pauvre Lupin ! Ce ne serait pas juste. Sans compter que ce pauvre Lupin t'a sauvé la vie. Mais oui, monsieur ! Qui donc vous avertissait ici même que Prévailles était gaucher ?... Et c'est comme ça que tu me remercies ? Pas chic, Ganimard. Vrai, tu me fais de la peine.

Tout en bavardant, Lupin avait accompli le même manège que Ganimard et s'était approché de la porte.

Ganimard comprit que l'ennemi allait lui échapper. Oubliant toute prudence, il voulut lui barrer la route et reçut dans l'estomac un formidable coup de tête qui l'envoya rouler jusqu'à l'autre mur.

En trois gestes, Lupin fit jouer un ressort, tourna la poignée, entrouvrit le battant et s'esquiva en éclatant de rire.

Lorsque Ganimard, vingt minutes après, réussit à rejoindre ses hommes, l'un de ceux-ci lui dit :
– Il y a un ouvrier peintre qui est sorti de la maison, comme ses camarades rentraient de déjeuner, et qui m'a remis une lettre. « Vous donnerez ça à votre patron », qu'il m'a dit. « À quel patron ? » que j'ai répondu. Il était loin déjà. Je suppose que c'est pour vous.
– Donne.

Ganimard décacheta la lettre. Elle était griffonnée en hâte, au crayon, et contenait ces mots :

Ceci, mon bon ami, pour te mettre en garde contre une excessive crédulité. Quand un quidam[1] te dit que les cartouches de ton revolver sont mouillées, si grande que soit ta confiance en ce quidam, se nommât-il Arsène Lupin, ne te laisse pas monter le coup[2]. Tire d'abord, et, si le quidam fait une pirouette dans l'éternité, tu auras la preuve : 1° que les cartouches n'étaient pas mouillées ; 2° que la vieille Catherine est la plus honnête des femmes de ménage.

En attendant que j'aie l'honneur de la connaître, accepte, mon bon ami, les sentiments affectueux de ton fidèle

ARSÈNE LUPIN.

---

1. Quidam : individu quelconque.
2. Monter le coup : abuser, tromper.

5
La mort qui rôde

Après avoir contourné les murs du château, Arsène Lupin revint à son point de départ. Décidément aucune brèche n'existait, et l'on ne pouvait s'introduire dans le vaste domaine de Maupertuis que par une petite porte basse et solidement verrouillée à l'intérieur, ou par la grille principale auprès de laquelle veillait le pavillon du garde.

– Soit, dit-il, nous emploierons les grands moyens.

Pénétrant au milieu des taillis où il avait caché sa motocyclette, il détacha un paquet de corde légère enroulé sous la selle, et se dirigea vers un endroit qu'il avait noté au cours de son examen. À cet endroit, situé loin de la route, à la lisière d'un bois, de grands arbres plantés dans le parc débordaient le mur.

Lupin fixa une pierre à l'extrémité de la corde, et, l'ayant lancée, attrapa une grosse branche, qu'il lui suffit dès lors d'attirer à lui et d'enjamber. La branche, en se redressant, le souleva de terre. Il franchit le mur, glissa le long de l'arbre, et sauta doucement sur l'herbe du parc.

C'était l'hiver. Entre les rameaux dépouillés, par-dessus le vallonnement des pelouses, il aperçut au loin le petit château de Maupertuis. Craignant d'être vu, il se dissimula derrière un groupe de sapins. Là, à l'aide d'une lorgnette[1], il étudia la façade mélancolique et sombre du château. Toutes les fenêtres étaient closes et comme défendues par des volets hermétiques. On eût dit un logis inhabité.

– Pristi, murmura Lupin, pas gai, le manoir ! Ce n'est pas ici que je finirai mes jours.

Mais, comme trois heures sonnaient à l'horloge, une des portes du rez-de-chaussée s'ouvrit sur la terrasse, et une silhouette de femme, très mince, enveloppée dans un manteau noir, apparut.

La femme se promena de long en large durant quelques minutes, entourée aussitôt d'oiseaux auxquels elle jetait des miettes de pain. Puis elle descendit les marches de pierre qui conduisaient à la pelouse centrale, et elle la suivit en prenant l'allée de droite.

Avec sa lorgnette, Lupin la voyait distinctement venir de son côté. Elle était grande, blonde, d'une tournure[2] gracieuse, l'air d'une toute jeune fille. Elle avançait d'un pas allègre, regardant le pâle soleil de décembre, et s'amusant à briser les petites branches mortes aux arbustes du chemin.

Elle était arrivée à peu près aux deux tiers de la distance qui la séparait de Lupin, quand des aboiements furieux éclatèrent, et un chien énorme, un danois de taille colossale, surgit d'une cabane voisine et se dressa au bout de la chaîne qui le retenait.

La jeune fille s'écarta un peu et passa, sans prêter

---

1. Lorgnette : petite lunette grossissante.
2. Tournure : apparence physique.

plus d'attention à un incident qui devait se reproduire chaque jour. Le chien redoubla de colère, debout sur ses pattes, et tirant sur son collier au risque de s'étrangler.

Trente ou quarante mètres plus loin, impatientée sans doute, elle se retourna et fit un geste de la main. Le danois eut un sursaut de rage, recula jusqu'au fond de sa niche, et bondit de nouveau, irrésistible. La jeune fille poussa un cri de terreur folle. Le chien franchissait l'espace, en traînant derrière lui sa chaîne brisée.

Elle se mit à courir, à courir de toutes ses forces, et elle appelait au secours désespérément. Mais, en quelques sauts, le chien la rejoignait.

Elle tomba, tout de suite épuisée, perdue. La bête était déjà sur elle, la touchait presque.

À ce moment précis, il y eut une détonation. Le chien fit une cabriole en avant, se remit d'aplomb, gratta le sol à coups de patte, puis se coucha en hurlant à diverses reprises, un hurlement rauque, essoufflé, qui s'acheva en une plainte sourde et en râles indistincts. Et ce fut tout.

– Mort, dit Lupin, qui était accouru aussitôt, prêt à décharger son revolver une seconde fois.

La jeune fille s'était relevée, toute pâle, chancelante encore. Elle examina, très surprise, cet homme qu'elle ne connaissait pas, et qui venait de lui sauver la vie, et elle murmura :

– Merci… J'ai eu bien peur… Il était temps… Je vous remercie, monsieur.

Lupin ôta son chapeau.

— Permettez-moi de me présenter, mademoiselle... Paul Daubreuil... Mais, avant toute explication, je vous demande un instant...

Il se baissa vers le cadavre du chien, et examina la chaîne à l'endroit où l'effort de la bête l'avait brisée.

— C'est bien ça ! fit-il entre ses dents... c'est bien ce que je supposais. Bigre ! les événements se précipitent... J'aurais dû arriver plus tôt.

Revenant à la jeune fille, il lui dit vivement :

— Mademoiselle, nous n'avons pas une minute à perdre. Ma présence dans ce parc est tout à fait insolite. Je ne veux pas qu'on m'y surprenne, et cela, pour des raisons qui vous concernent uniquement. Pensez-vous qu'on ait pu, du château, entendre la détonation ?

La jeune fille semblait remise déjà de son émotion, et elle répondit avec une assurance où se révélait toute sa nature courageuse :

— Je ne le pense pas.

— Monsieur votre père est au château, aujourd'hui ?

— Mon père est souffrant, couché depuis des mois. En outre, sa chambre donne sur l'autre façade.

— Et les domestiques ?

— Ils habitent, également, et travaillent de l'autre côté. Personne ne vient jamais par ici. Moi seule m'y promène.

— Il est donc probable qu'on ne m'a pas vu non plus, d'autant que ces arbres nous cachent.

— C'est probable.

— Alors, je puis vous parler librement ?

— Certes, mais je ne m'explique pas...

– Vous allez comprendre.

Il s'approcha d'elle un peu plus et lui dit :

– Permettez-moi d'être bref. Voici. Il y a quatre jours, Mlle Jeanne Darcieux…

– C'est moi, dit-elle en souriant.

– Mlle Jeanne Darcieux, continua Lupin, écrivait une lettre à l'une de ses amies du nom de Marceline, laquelle habite Versailles…

– Comment savez-vous tout cela ? dit la jeune fille stupéfaite, j'ai déchiré la lettre avant de l'achever.

– Et vous avez jeté les morceaux sur le bord de la route qui va du château à Vendôme[1].

– En effet… je me promenais…

– Ces morceaux furent recueillis, et j'en eus communication le lendemain même.

– Alors… vous avez lu ?… fit Jeanne Darcieux avec une certaine irritation.

– Oui, j'ai commis cette indiscrétion, et je ne le regrette pas, puisque je puis vous sauver.

– Me sauver… de quoi ?

– De la mort.

Lupin prononça cette petite phrase d'une voix très nette. La jeune fille eut un frisson.

– Je ne suis pas menacée de mort.

– Si, mademoiselle. Vers la fin d'octobre, comme vous lisiez sur un banc de la terrasse où vous aviez coutume de vous asseoir chaque jour, à la même heure, un

---

1. Vendôme : commune du centre-ouest de la France, dans le département du Loir-et-Cher.

moellon de la corniche[1] s'est détaché, et il s'en est fallu de quelques centimètres que vous ne fussiez écrasée.

– Un hasard…

– Par une belle soirée de novembre, vous traversiez le potager, au clair de lune. Un coup de feu fut tiré, la balle siffla à vos oreilles.

– Du moins… je l'ai cru…

– Enfin, la semaine dernière, le petit pont de bois qui enjambe la rivière du parc, à deux mètres de la chute d'eau, s'écroula au moment où vous passiez. C'est par miracle que vous avez pu vous accrocher à une racine.

Jeanne Darcieux essaya de sourire.

– Soit, mais il n'y a là, ainsi que je l'écrivais à Marceline, qu'une série de coïncidences, de hasards…

– Non, mademoiselle, non. Un hasard de cette sorte est admissible… Deux le sont également… et encore !… Mais on n'a pas le droit de supposer que, trois fois, le hasard s'amuse et parvienne à répéter le même acte, dans des circonstances aussi extraordinaires. C'est pourquoi je me suis cru permis de venir à votre secours. Et, comme mon intervention ne peut être efficace que si elle demeure secrète, je n'ai pas hésité à m'introduire ici… autrement que par la porte. Il était temps, ainsi que vous le disiez. L'ennemi vous attaquait une fois de plus.

– Comment !… Est-ce que vous pensez ?… Non, ce n'est pas possible… Je ne veux pas croire…

Lupin ramassa la chaîne et, la montrant :

---

1. Corniche : ornement en saillie sur un mur.

— Regardez le dernier anneau. Il est hors de doute qu'il a été limé. Sans quoi, une chaîne de cette force n'eût pas cédé. D'ailleurs la marque de la lime est visible.

Jeanne avait pâli, et l'effroi contractait son joli visage.

— Mais qui donc m'en veut ainsi ? balbutia-t-elle. C'est terrible... Je n'ai fait de mal à personne... Et pourtant il est certain que vous avez raison... Bien plus...

Elle acheva plus bas :

— Bien plus, je me demande si le même danger ne menace pas mon père.

— On l'a attaqué, lui aussi ?

— Non, car il ne bouge pas de sa chambre. Mais sa maladie est si mystérieuse !... Il n'a plus de forces... il ne peut plus marcher... En outre, il est sujet à des étouffements, comme si son cœur s'arrêtait. Ah ! quelle horreur !

Lupin sentit toute l'autorité qu'il pouvait prendre sur elle en un pareil moment, et il lui dit :

— Ne craignez rien, mademoiselle. Si vous m'obéissez aveuglément, je ne doute pas du succès.

— Oui... oui... je veux bien... mais tout cela est si affreux...

— Ayez confiance, je vous en prie. Et veuillez m'écouter. J'aurais besoin de quelques renseignements.

Coup sur coup il lui posa des questions, auxquelles Jeanne Darcieux répondit hâtivement.

— Cette bête n'était jamais détachée, n'est-ce pas ?

– Jamais.

– Qui la nourrissait ?

– Le garde. À la tombée du jour il lui apportait sa pâtée.

– Il pouvait, par conséquent, s'approcher d'elle sans être mordu ?

– Oui, et lui seul, car elle était féroce.

– Vous ne soupçonnez pas cet homme ?

– Oh ! non… Baptiste !… Jamais…

– Et vous ne voyez personne ?

– Personne. Nos domestiques nous sont très dévoués. Ils m'aiment beaucoup.

– Vous n'avez pas d'amis au château ?

– Non.

– Pas de frère ?

– Non.

– Votre père est donc seul à vous protéger ?

– Oui, et je vous ai dit dans quel état il se trouvait.

– Vous lui avez raconté les diverses tentatives ?…

– Oui, et j'ai eu tort. Notre médecin, le vieux docteur Guéroult, m'a défendu de lui donner la moindre émotion.

– Votre mère ?

– Je ne me souviens pas d'elle. Elle est morte, il y a seize ans… il y a juste seize ans.

– Vous aviez ?…

– Un peu moins de cinq ans.

– Et vous habitiez ici ?

– Nous habitions Paris. C'est l'année suivante seulement que mon père a acheté ce château.

Lupin demeura quelques instants silencieux, puis il conclut :

— C'est bien, mademoiselle, je vous remercie. Pour le moment, ces renseignements me suffisent. D'ailleurs, il ne serait pas prudent de rester plus longtemps ensemble.

— Mais, dit-elle, le garde, tout à l'heure, trouvera ce chien... Qui l'aura tué ?

— Vous, mademoiselle, vous, pour vous défendre contre une attaque.

— Je ne porte jamais d'arme.

— Il faut croire que si, dit Lupin en souriant, puisque vous avez tué cette bête, et que vous seule pouvez l'avoir tuée. Et puis on croira ce qu'on voudra. L'essentiel est que, moi, je ne sois pas suspect, quand je viendrai au château.

— Au château ? Vous avez l'intention ?...

— Je ne sais pas encore comment... mais je viendrai. Et dès ce soir... Ainsi donc, je vous le répète, soyez tranquille, je réponds de tout.

Jeanne le regarda et, dominée par lui, conquise par son air d'assurance et de bonne foi, elle dit simplement :

— Je suis tranquille.

— Alors, tout ira pour le mieux. À ce soir, mademoiselle.

— À ce soir.

Elle s'éloigna, et Lupin, qui la suivit des yeux, jusqu'au moment où elle disparut à l'angle du château, murmura :

– Jolie créature ! il serait dommage qu'il lui arrivât malheur. Heureusement, ce brave Arsène veille au grain.

Peu soucieux qu'on le rencontrât, l'oreille aux aguets, il visita le parc en ses moindres recoins, chercha la petite porte basse qu'il avait notée à l'extérieur, et qui était celle du potager, ôta le verrou, prit la clef, puis longea les murs, et se retrouva près de l'arbre qu'il avait escaladé. Deux minutes plus tard, il remontait sur sa motocyclette.

Le village de Maupertuis était presque contigu au château. Lupin s'informa et apprit que le docteur Guéroult habitait à côté de l'église.

Il sonna, fut introduit dans le cabinet de consultation, et se présenta sous son nom de Paul Daubreuil demeurant à Paris, rue de Surène, et entretenant avec le service de la Sûreté des relations officieuses sur lesquelles il réclamait le secret. Ayant eu connaissance, par une lettre déchirée, des incidents qui avaient mis en péril la vie de Mlle Darcieux, il venait au secours de la jeune fille.

Le docteur Guéroult, vieux médecin de campagne, qui chérissait Jeanne, admit aussitôt, sur les explications de Lupin, que ces incidents constituaient les preuves indéniables d'un complot. Très ému, il offrit l'hospitalité à son visiteur et le retint à dîner.

Les deux hommes causèrent longtemps. Le soir, ils se rendirent ensemble au château.

Le docteur monta dans la chambre du malade qui

était située au premier étage, et demanda la permission d'amener un de ses jeunes confrères, auquel, désireux de repos, il avait l'intention de transmettre sa clientèle à bref délai.

En entrant, Lupin aperçut Jeanne Darcieux au chevet de son père. Elle réprima un geste d'étonnement, puis, sur un signe du docteur, sortit.

La consultation eut alors lieu en présence de Lupin. M. Darcieux avait une figure amaigrie par la souffrance et des yeux brûlés de fièvre. Ce jour-là, il se plaignait surtout de son cœur. Après l'auscultation[1], il interrogea le médecin avec une anxiété visible, et chaque réponse semblait un soulagement pour lui. Il parla aussi de Jeanne, persuadé qu'on le trompait et que sa fille avait échappé à d'autres accidents. Malgré les dénégations du docteur, il était inquiet. Il aurait voulu que la police fût avertie et qu'on fît des enquêtes.

Mais son agitation l'épuisa, et il s'assoupit peu à peu.

Dans le couloir, Lupin arrêta le docteur.

– Voyons, docteur, votre opinion exacte. Pensez-vous que la maladie de M. Darcieux puisse être attribuée à une cause étrangère ?

– Comment cela ?

– Oui, supposons qu'un même ennemi ait intérêt à faire disparaître le père et la fille…

Le docteur Guéroult sembla frappé de l'hypothèse.

– En effet… en effet… cette maladie affecte parfois

---

1. Auscultation : examen médical consistant à écouter les bruits des organes (cœur, poumons).

un caractère si anormal !... Ainsi, la paralysie des jambes, qui est presque complète, devrait avoir pour corollaire[1]...

Le docteur réfléchit un instant, puis il prononça, à voix basse :

— Le poison, alors... mais quel poison ?... Et d'ailleurs, je ne vois aucun symptôme d'intoxication... il faudrait supposer... Mais que faites-vous ?... Qu'y a-t-il ?

Les deux hommes causaient alors devant une petite salle du premier étage, où Jeanne, profitant de la présence du docteur chez son père, avait commencé son repas du soir. Lupin, qui la regardait par la porte ouverte, la vit porter à ses lèvres une tasse dont elle but quelques gorgées.

Soudain il se précipita sur elle et lui saisit le bras.

— Qu'est-ce que vous buvez là ?

— Mais, dit-elle, interloquée... une infusion... du thé.

— Vous avez fait une grimace de dégoût... pourquoi ?

— Je ne sais pas... il m'a semblé...

— Il vous a semblé ?...

— Qu'il y avait... une sorte d'amertume... Mais cela provient sans doute du médicament que j'y ai mêlé.

— Quel médicament ?

— Des gouttes que je prends à chaque dîner... selon votre ordonnance, n'est-ce pas, docteur ?

— Oui, déclara le docteur Guéroult, mais ce médi-

---

1. Corollaire : conséquence.

cament n'a aucun goût... Vous le savez bien, Jeanne, puisque vous en usez depuis quinze jours, et que c'est la première fois...

— En effet..., murmura la jeune fille, et celui-là a un goût... Ah! tenez, j'en ai encore la bouche qui me brûle.

À son tour le docteur Guéroult avala une gorgée de la tasse.

— Ah! pouah! s'écria-t-il, en recrachant, l'erreur n'est pas possible!

De son côté, Lupin examinait le flacon qui contenait le médicament, et il demanda :

— Dans la journée, où range-t-on ce flacon ?

Mais Jeanne ne put répondre. Elle avait porté la main à sa poitrine, et, le visage blême, les yeux convulsés, elle paraissait souffrir infiniment.

— Ça me fait mal... ça me fait mal, bégaya-t-elle.

Les deux hommes la portèrent vivement dans sa chambre et l'étendirent sur le lit.

— Il faudrait un vomitif, dit Lupin.

— Ouvrez l'armoire, ordonna le docteur... Il y a une trousse de pharmacie... Vous l'avez? Sortez un des petits tubes... Oui, celui-là... Et de l'eau chaude maintenant... Vous en trouverez sur le plateau de la théière.

Appelée par un coup de sonnette, la bonne, qui était plus spécialement au service de Jeanne, accourut. Lupin lui expliqua que Mlle Darcieux était prise d'un malaise inexplicable.

Il revint ensuite à la petite salle à manger, visita

le buffet et les placards, descendit à la cuisine où il prétexta que le docteur l'avait dépêché pour étudier l'alimentation de M. Darcieux. Sans en avoir l'air, il fit causer la cuisinière, le domestique, et le garde Baptiste, lequel mangeait au château.

En remontant, il trouva le docteur.

– Eh bien ?

– Elle dort.

– Aucun danger ?

– Non. Heureusement elle n'avait bu que deux ou trois gorgées. Mais c'est la seconde fois aujourd'hui que vous lui sauvez la vie. L'analyse de ce flacon nous en donnera la preuve.

– Analyse inutile, docteur. La tentative d'empoisonnement est certaine.

– Mais qui ?

– Je ne sais pas. Mais le démon qui machine tout cela connaît évidemment les habitudes du château. Il va et vient à sa guise, se promène dans le parc, lime la chaîne du chien, mêle du poison aux aliments, bref se remue et agit comme s'il vivait de la vie même de celle ou plutôt de ceux qu'il veut supprimer.

– Ah ! vous pensez décidément que le même péril menace M. Darcieux ?

– Sans doute.

– Un des domestiques, alors ? Mais c'est inadmissible. Est-ce que vous croyez ?…

– Je ne crois rien. Je ne sais rien. Tout ce que je puis dire, c'est que la situation est tragique, et qu'il faut redouter les pires événements. La mort est ici. Docteur, elle rôde dans ce château, et, avant peu, elle atteindra ceux qu'elle poursuit.

– Que faire ?

– Veiller, docteur. Prétextons que la santé de M. Darcieux nous inquiète, et couchons dans cette petite salle. Les deux chambres du père et de la fille sont proches. En cas d'alerte, nous sommes sûrs de tout entendre.

Ils avaient un fauteuil à leur disposition. Il fut convenu qu'ils y dormiraient à tour de rôle.

En réalité, Lupin ne dormit que deux ou trois heures. Au milieu de la nuit, sans prévenir son compagnon, il quitta la chambre, fit une ronde minutieuse dans le château, et sortit par la grille principale.

Vers neuf heures, il arrivait à Paris avec sa motocyclette. Deux de ses amis, auxquels il avait téléphoné en cours de route, l'attendaient. Tous trois, chacun de son côté, passèrent la journée à faire les recherches que Lupin avait méditées.

À six heures, il repartit précipitamment, et jamais peut-être, ainsi qu'il me le raconta par la suite, il ne risqua sa vie avec plus de témérité qu'en effectuant ce retour à une vitesse folle, un soir brumeux de décembre, où la lumière de son phare trouvait à peine les ténèbres.

Devant la grille, encore ouverte, il sauta de machine, et courut jusqu'au château dont il monta le premier étage en quelques bonds.

Dans la petite salle, personne.

Sans hésiter, sans frapper, il entra dans la chambre de Jeanne.

– Ah ! vous êtes là, dit-il avec un soupir de soulagement en apercevant Jeanne et le docteur, qui causaient, assis l'un près de l'autre.

– Quoi ? Du nouveau ? fit le docteur inquiet de voir dans un tel état d'agitation cet homme, dont il savait le sang-froid.

– Rien, répondit-il, rien de nouveau. Et ici ?

– Ici non plus. Nous venons de quitter M. Darcieux. Il mangeait de bon appétit, après une excellente journée. Quant à Jeanne, vous voyez, elle a déjà retrouvé ses belles couleurs.

– Alors il faut partir.

– Partir ! mais c'est impossible, protesta la jeune fille.

– Il le faut, s'écria Lupin en frappant du pied et avec une véritable violence.

Tout de suite, il se maîtrisa, prononça quelques paroles d'excuse, puis il resta trois ou quatre minutes dans un silence profond que le docteur et Jeanne se gardèrent de troubler.

Enfin, il dit à la jeune fille :

– Vous partirez demain matin, mademoiselle, et pour une semaine ou deux seulement. Je vous conduirai chez votre amie de Versailles, celle à qui vous écrivez. Je vous supplie de préparer tout, dès ce soir, et ouvertement. Avertissez les domestiques… De son côté, le docteur voudra bien prévenir M. Darcieux, et lui faire comprendre, avec toutes les précautions possibles, que ce voyage est indispensable pour votre sécurité. D'ailleurs il vous rejoindra aussitôt que ses forces le lui permettront. C'est convenu, n'est-ce pas ?

– Oui, dit-elle, absolument dominée par la voix impérieuse et douce de Lupin.

– En ce cas, dit-il, faites vite, et ne quittez plus votre chambre.

– Mais, objecta la jeune fille avec un frisson… cette nuit…

– Ne craignez rien. S'il y avait le moindre danger, nous reviendrons, le docteur et moi. N'ouvrez votre porte que si l'on frappe trois coups très légers.

Jeanne sonna aussitôt la bonne. Le docteur passa chez M. Darcieux, tandis que Lupin se faisait servir quelques aliments dans la petite salle.

– Voilà qui est terminé, dit le docteur au bout de vingt minutes. M. Darcieux n'a pas trop protesté. Au fond, lui aussi, il trouve qu'il est bon d'éloigner Jeanne.

Ils se retirèrent tous deux et sortirent du château.

Près de la grille, Lupin appela le garde.

– Vous pouvez fermer, mon ami. Si M. Darcieux avait besoin de nous, qu'on vienne nous chercher aussitôt.

Dix heures sonnaient à l'église de Maupertuis. Des nuages noirs, entre lesquels la lune se glissait par moments, pesaient sur la campagne.

Les deux hommes firent une centaine de pas.

Ils approchaient du village quand Lupin empoigna le bras de son compagnon.

– Halte !

– Qu'y a-t-il donc ? s'écria le docteur.

– Il y a, prononça Lupin d'un ton saccadé, que, si mes calculs sont justes, si je ne me blouse[1] pas du tout au tout dans cette affaire, il y a que, cette nuit, Mlle Darcieux sera assassinée.

– Hein ! que dites-vous ? balbutia le docteur épouvanté… Mais alors, pourquoi sommes-nous partis ?…

– Précisément pour que le criminel, qui suit tous nos gestes dans l'ombre, ne diffère pas son forfait[2], et qu'il l'accomplisse, non pas à l'heure choisie par lui, mais à l'heure que j'ai fixée.

– Nous retournons donc au château ?

– Certes, mais chacun de notre côté.

– Tout de suite, en ce cas.

– Écoutez-moi bien, docteur, dit Lupin d'une voix posée, et ne perdons pas notre temps en paroles inutiles. Avant tout, il faut déjouer toute surveillance. Pour cela, rentrez directement chez vous, et n'en repartez que quelques minutes après, lorsque vous aurez la certitude de n'avoir pas été suivi. Vous gagnerez alors les murs du château vers la gauche, jusqu'à la petite porte du potager. En voici la clef. Quand l'horloge de l'église sonnera onze coups, vous ouvrirez doucement, et vous marcherez droit vers la terrasse, derrière le château. La cinquième fenêtre ferme mal. Vous n'aurez qu'à enjamber la balcon. Une fois dans la chambre de Mlle Darcieux, poussez le verrou et ne bougez plus. Vous entendez, ne bougez plus, ni l'un ni l'autre, quoi

---

1. Blouse : trompe (familier).
2. Forfait : crime.

qu'il arrive. J'ai remarqué que Mlle Darcieux laisse entrouverte la fenêtre de son cabinet de toilette, n'est-ce pas ?

– Oui, une habitude que je lui ai donnée.

– C'est par là que l'on viendra.

– Mais vous ?

– C'est aussi par là que je viendrai.

– Et vous savez qui est ce misérable ?

Lupin hésita, puis répondit :

– Non… Je ne sais pas… Et justement, comme cela, nous le saurons. Mais, je vous en conjure, du sang-froid. Pas un mot, pas un geste, *quoi qu'il arrive*.

– Je vous le promets.

– Mieux que cela, docteur. Je vous demande votre parole.

– Je vous donne ma parole.

Le docteur s'en alla. Aussitôt, Lupin monta sur un tertre[1] voisin d'où l'on apercevait les fenêtres du premier et du second étage. Plusieurs d'entre elles étaient éclairées.

Il attendit assez longtemps. Une à une les lueurs s'éteignirent. Alors, prenant une direction opposée à celle du docteur, il bifurqua sur la droite, et longea le mur jusqu'au groupe d'arbres près duquel il avait caché sa motocyclette, la veille.

Onze heures sonnèrent. Il calcula le temps que le docteur pouvait mettre à traverser le potager et à s'introduire dans le château.

---

1. Tertre : petite butte de terre.

– Et d'un, murmura-t-il. De ce côté-là, tout est en règle. À la rescousse, Lupin. L'ennemi ne va pas tarder à jouer son dernier atout… et fichtre, il faut que je sois là…

Il exécuta la même manœuvre que la première fois, attira la branche et se hissa sur le bord du mur, d'où il put gagner les plus gros rameaux de l'arbre.

À ce moment, il dressa l'oreille. Il lui semblait entendre un frémissement de feuilles mortes. Et, de fait, il discerna une ombre, qui remuait au-dessous de lui, et trente mètres plus loin.

« Crebleu, se dit-il, je suis fichu, la canaille a flairé le coup. »

Un rayon de lune passa. Distinctement, Lupin vit que l'homme épaulait. Il voulut sauter à terre et se retourna. Mais il sentit un choc à la poitrine, perçut le bruit d'une détonation, poussa un juron de colère, et dégringola de branche en branche, comme un cadavre…

Cependant le docteur Guéroult, suivant les prescriptions d'Arsène Lupin, avait escaladé le rebord de la cinquième fenêtre, et s'était dirigé à tâtons vers le premier étage. Arrivé devant la chambre de Jeanne, il frappa trois coups légers, fut introduit, et poussa aussitôt le verrou.

– Étends-toi sur ton lit, dit-il tout bas à la jeune fille qui avait gardé ses vêtements du soir. Il faut que tu paraisses couchée. Brrr, il ne fait pas chaud ici. La fenêtre de ton cabinet de toilette est ouverte ?

– Oui… Voulez-vous que…

– Non, laisse-la. On va venir.

– On va venir ! bredouilla Jeanne effarée.

– Oui, sans aucun doute.

– Mais qui est-ce que vous soupçonnez ?

– Je ne sais pas... Je suppose que quelqu'un est caché dans le château... ou dans le parc.

– Oh ! j'ai peur.

– N'aie pas peur. Le gaillard qui te protège semble rudement fort et ne joue qu'à coup sûr. Il doit être à l'affût quelque part dans la cour.

Le docteur éteignit la veilleuse et s'approcha de la croisée, dont il souleva le rideau. Une corniche étroite, qui courait le long du premier étage, ne lui permettant de voir qu'une partie éloignée de la cour, il revint auprès du lit.

Il s'écoula des minutes très pénibles et qui leur parurent infiniment longues. L'horloge sonnait au village, mais, absorbés par tous les petits bruits nocturnes, c'est à peine s'ils en percevaient le tintement. Ils écoutaient, ils écoutaient de tous leurs nerfs exaspérés.

– Tu as entendu ?... souffla le docteur.

– Oui... oui, dit Jeanne qui s'était assise sur son lit.

– Couche-toi... couche-toi, reprit-il au bout d'un instant... On vient...

Un petit claquement s'était produit dehors, contre la corniche. Puis il y eut une suite de bruits indistincts, dont ils n'auraient su préciser la nature. Mais ils avaient l'impression que la fenêtre voisine s'ouvrait davantage, car des bouffées d'air froid les enveloppaient.

Soudain ce fut très net : il y avait quelqu'un à côté.

Le docteur, dont la main tremblait un peu, saisit son revolver. Il ne bougea pas néanmoins, se rappelant l'ordre formel qui lui avait été donné, et redoutant de prendre une décision contraire.

L'obscurité était absolue dans la chambre. Ils ne pouvaient donc voir où se trouvait l'ennemi. Mais ils devinaient sa présence. Ils suivaient ses gestes invisibles, sa marche assourdie par le tapis, et ils ne doutaient point qu'il n'eût franchi le seuil de la chambre.

Et l'ennemi s'arrêta. Cela, ils en furent certains. Il était debout, à cinq pas du lit, immobile, indécis peut-être, cherchant à percer l'ombre de son regard aigu.

Dans la main du docteur, la main de Jeanne frissonnait, glacée et couverte de sueur.

De son autre main, le docteur serrait violemment son arme, le doigt sur la détente. Malgré sa parole, il n'hésitait pas : que l'ennemi touchât l'extrémité du lit, le coup partait, jeté au hasard.

L'ennemi fit un pas encore, puis s'arrêta de nouveau. Et c'était effrayant, ce silence, cette impassibilité, ces ténèbres où des êtres s'épiaient éperdument.

Qui donc surgissait ainsi dans la nuit profonde ? Qui était cet homme ? Quelle haine horrible le poussait contre la jeune fille, et quelle œuvre abominable poursuivait-il ?

Si terrifiés qu'ils fussent, Jeanne et le docteur ne pensaient qu'à cela : voir, connaître la vérité, contempler le masque de l'ennemi.

Il fit un pas encore et ne bougea plus. Il leur semblait

que sa silhouette se détachait, plus noire sur l'espace noir, et que son bras se levait peu à peu.

Une minute passa, et puis une autre.

Et tout à coup, plus loin que l'homme, vers la droite, un bruit sec… Une lumière jaillit, ardente, fut projetée contre l'homme, l'éclaira en pleine face, brutalement.

Jeanne poussa un cri d'épouvante. Elle avait vu, dressé au-dessus d'elle, un poignard à la main, elle avait vu… son père !

En même temps presque, et, comme la lumière était éteinte, une détonation… Le docteur avait tiré.

– Crebleu ! Ne tirez donc pas, hurla Lupin.

À bras-le-corps, il empoigna le docteur, qui suffoquait[1] :

– Vous avez vu… Vous avez vu… Écoutez… Il s'enfuit…

– Laissez-le s'enfuir… C'est ce qu'il y a de mieux.

Lupin fit jouer de nouveau le ressort de sa lanterne électrique, courut dans le cabinet de toilette, constata que l'homme avait disparu et, revenant tranquillement vers la table, alluma la lampe.

Jeanne était couchée sur son lit, blême, évanouie.

Le docteur, accroupi dans un fauteuil, émettait des sons inarticulés.

– Voyons, dit Lupin en riant, reprenez-vous. Il n'y a pas à se frapper[2], puisque c'est fini.

– Son père… son père…, gémissait le vieux médecin.

---

1. Suffoquait : respirait difficilement.
2. Se frapper : s'en faire (familier).

– Je vous en prie, docteur, Mlle Darcieux est malade. Soignez-la.

Sans plus s'expliquer, Lupin regagna le cabinet de toilette et passa sur la corniche. Une échelle s'y trouvait appuyée. Il descendit rapidement. En longeant le mur, vingt pas plus loin, il se heurta aux barreaux d'une échelle de corde à laquelle il grimpa, et qui le conduisit dans la chambre de M. Darcieux. Cette chambre était vide.

« Parfait, se dit-il. Le client a jugé la situation mauvaise, et il a décampé[1]. Bon voyage… Et, sans doute, la porte est-elle barricadée ? Justement… C'est ainsi que notre malade, roulant ce brave docteur, se relevait la nuit en toute sécurité, fixait au balcon son échelle de corde, et préparait ses petits coups. Pas si bête, le Darcieux ! »

Il ôta les verrous et revint à la chambre de Jeanne. Le docteur, qui en sortait, l'entraîna vers la petite salle.

– Elle dort, ne la dérangeons pas. La secousse[2] a été rude, et il lui faudra du temps pour se remettre.

Lupin prit une carafe et but un verre d'eau. Puis il s'assit et, paisiblement :

– Bah ! demain il n'y paraîtra plus[3].

– Que dites-vous ?

– Je dis que demain il n'y paraîtra plus.

– Et pourquoi ?

– D'abord parce qu'il ne m'a pas semblé que

---

1. Voir note p. 92
2. Secousse : choc psychologique.
3. Il n'y paraîtra plus : il n'en restera rien.

Mlle Darcieux éprouvât pour son père une affection très grande…

– Qu'importe ! Pensez à cela… un père qui veut tuer sa fille ! un père qui, pendant des mois, recommence quatre, cinq, six fois sa tentative monstrueuse !… Voyons, n'y a-t-il pas là de quoi flétrir[1] à jamais une âme moins sensible que celle de Jeanne ? Quel souvenir odieux !

– Elle oubliera.

– On n'oublie pas cela.

– Elle oubliera, docteur, et pour une raison très simple…

– Mais parlez donc !

– Elle n'est pas la fille de M. Darcieux !

– Hein ?

– Je vous répète qu'elle n'est pas la fille de ce misérable.

– Que dites-vous ? M. Darcieux…

– M. Darcieux n'est que son beau-père. Elle venait de naître quand son père, son vrai père, est mort. La mère de Jeanne épousa alors un cousin de son mari, qui portait le même nom que lui, et elle mourut l'année même de ses secondes noces. Elle laissait Jeanne aux soins de M. Darcieux. Celui-ci l'emmena d'abord à l'étranger, puis acheta ce château, et, comme personne ne le connaissait dans le pays, il présenta l'enfant comme sa fille. Elle-même ignore la vérité sur sa naissance.

---

1. Flétrir : ôter la pureté, l'innocence.

Le docteur demeurait confondu. Il murmura :

– Vous êtes certain de ces détails ?

– J'ai passé ma journée dans les mairies de Paris. J'ai compulsé les états civils[1], j'ai interrogé deux notaires[2]. J'ai vu tous les actes. Le doute n'est pas possible.

– Mais cela n'explique pas le crime, ou plutôt la série des crimes.

– Si, déclara Lupin, et, dès le début, dès la première heure où j'ai été mêlé à cette affaire, une phrase de Mlle Darcieux me fit pressentir la direction qu'il fallait donner à mes recherches. « J'avais presque cinq ans lorsque ma mère est morte, me dit-elle. Il y a de cela seize ans. » Donc Mlle Darcieux allait prendre vingt et un ans, c'est-à-dire qu'elle était sur le point de devenir majeure. Tout de suite, je vis là un détail important. La majorité, c'est l'âge où l'on vous rend des comptes. Quelle était la situation de fortune de Mlle Darcieux, héritière naturelle de sa mère ? Bien entendu, je ne songeai pas une seconde au père. D'abord on ne peut imaginer pareille chose, et puis la comédie que jouait Darcieux impotent[3], couché, malade…

– Réellement malade, interrompit le docteur.

– Tout cela écartait de lui les soupçons… d'autant plus que, lui-même, je le croyais en butte aux attaques criminelles. Mais n'y avait-il point dans leur famille

---

1. État civil : registre d'une commune où sont consignés les événements importants de la vie d'une personne (naissance, filiation, mariage, décès…).
2. Notaire : officier public chargé d'élaborer et de certifier des actes juridiques (testament, vente immobilière…).
3. Impotent : incapable de se déplacer.

quelque personne intéressée à leur disparition? Mon voyage à Paris m'a révélé la vérité. Mlle Darcieux tient de sa mère une grosse fortune dont son beau-père a l'usufruit[1]. Le mois prochain, il devait y avoir à Paris, sur convocation du notaire, une réunion du conseil de famille[2]. La vérité éclatait, c'était la ruine pour Darcieux.

– Il n'a donc pas mis d'argent de côté?

– Si, mais il a subi de grosses pertes par suite de spéculations[3] malheureuses.

– Mais enfin, quoi! Jeanne ne lui eût pas retiré la gestion de sa fortune.

– Il est un détail que vous ignorez, docteur, et que j'ai connu par la lecture de la lettre déchirée, c'est que Mlle Darcieux aime le frère de son amie de Versailles, Marceline, et que, M. Darcieux s'opposant au mariage – vous en comprenez maintenant la raison –, elle attendait sa majorité pour se marier.

– En effet, dit le docteur, en effet… C'était la ruine.

– La ruine, je vous le répète. Une seule chance de salut lui restait, la mort de sa belle-fille, dont il est l'héritier le plus direct.

– Certes, mais à condition qu'on ne le soupçonnât point.

– Évidemment, et c'est pourquoi il a machiné la

---

1. Usufruit : droit d'utiliser un bien, d'en percevoir les revenus sans en être propriétaire.
2. Conseil de famille : réunion devant un juge de membres d'une famille pour protéger les intérêts d'un enfant mineur.
3. Spéculation : opération boursière.

série des accidents, afin que la mort parût fortuite[1]. Et c'est pourquoi, de mon côté, voulant précipiter les choses, je vous ai prié de lui apprendre le départ imminent de Mlle Darcieux. Dès lors, il ne suffisait plus que le soi-disant malade errât dans le parc ou dans les couloirs, à la faveur de la nuit, et mît à exécution un coup longuement combiné. Non, il fallait agir, et agir tout de suite, sans préparation, brutalement, à main armée. Je ne doutais pas qu'il ne s'y déterminât. Il est venu.

– Il ne se méfiait donc pas ?

– De moi, si. Il a pressenti mon retour cette nuit, et il veillait à l'endroit même où j'avais franchi le mur.

– Eh bien ?

– Eh bien, dit Lupin en riant, j'ai reçu une balle en pleine poitrine... ou plutôt mon portefeuille a reçu une balle... Tenez, on peut voir le trou... Alors, j'ai dégringolé de l'arbre, comme un homme mort. Se croyant délivré de son seul adversaire, il est parti vers le château. Je l'ai vu rôder pendant deux heures. Puis, se décidant, il a pris dans la remise une échelle qu'il a appliquée contre la fenêtre. Je n'avais plus qu'à le suivre.

Le docteur réfléchit et dit :

– Vous auriez pu lui mettre la main au collet[2], auparavant. Pourquoi l'avoir laissé monter ? L'épreuve était dure pour Jeanne... et inutile...

---

1. Fortuite : accidentelle.
2. Lui mettre la main au collet : l'arrêter.

– Indispensable ! Jamais Mlle Darcieux n'aurait pu admettre la vérité. Il fallait qu'elle vît la face même de l'assassin. Dès son réveil vous lui direz la situation. Elle guérira vite.

– Mais… M. Darcieux…

– Vous expliquerez sa disparition comme bon vous semblera… un voyage subit… un coup de folie… On fera quelques recherches… Et soyez sûr qu'on n'entendra plus parler de lui…

Le docteur hocha la tête.

– Oui… en effet… vous avez raison… Vous avez mené tout cela avec une habileté extraordinaire, et Jeanne vous doit la vie… Elle vous remerciera elle-même. Mais, de mon côté, ne puis-je vous être utile en quelque chose ? Vous m'avez dit que vous étiez en relations avec le service de la Sûreté… Me permettrez-vous d'écrire, de louer votre conduite, votre courage ?

Lupin se mit à rire.

– Certainement ! une lettre de ce genre me sera profitable. Écrivez donc à mon chef direct, l'inspecteur principal Ganimard. Il sera enchanté de savoir que son protégé, Paul Daubreuil, de la rue de Surène, s'est encore signalé par une action d'éclat. Je viens précisément de mener une belle campagne sous ses ordres, dans une affaire dont vous avez dû entendre parler, l'affaire de « l'écharpe rouge »… Ce brave M. Ganimard, ce qu'il va se réjouir !

6
Le mariage d'Arsène Lupin

Monsieur Arsène Lupin a l'honneur de vous faire part de son mariage avec Mademoiselle Angélique de Sarzeau-Vendôme, princesse de Bourbon-Condé, et vous prie d'assister à la bénédiction nuptiale qui aura lieu en l'église Sainte-Clotilde.

Le duc de Sarzeau-Vendôme a l'honneur de vous faire part du mariage de sa fille Angélique, princesse de Bourbon-Condé, avec Monsieur Arsène Lupin, et vous prie…

Le duc Jean de Sarzeau-Vendôme ne put achever la lecture des lettres qu'il tenait dans sa main tremblante. Pâle de colère, son long corps maigre agité de frissons, il suffoquait.

– Voilà ! dit-il à sa fille en lui tendant les deux papiers. Voilà ce que nos amis ont reçu ! Voilà ce qui court les rues depuis hier. Hein ! Que pensez-vous de cette infamie[1], Angélique ? Qu'en penserait votre pauvre mère, si elle vivait encore ?

Angélique était longue et maigre comme son père, osseuse et sèche comme lui. Âgée de trente-trois ans,

---

1. Infamie : honte, déshonneur.

toujours vêtue de laine noire, timide, effacée, elle avait une tête trop petite comprimée à droite et à gauche, et d'où le nez jaillissait comme une protestation contre une pareille exiguïté. Pourtant, on ne pouvait dire qu'elle fût laide, tellement ses yeux étaient beaux, tendres et graves, d'une fierté un peu triste, de ces yeux troublants qu'on n'oublie pas quand on les a vus une fois.

Elle avait rougi de honte d'abord en entendant son père, et en apprenant par lui l'offense[1] dont elle était victime. Mais comme elle le chérissait, bien qu'il se montrât dur avec elle, injuste et despotique, elle lui dit :

– Oh ! je pense que c'est une plaisanterie, mon père, et qu'il n'y faut pas prêter attention.

– Une plaisanterie ? Mais tout le monde en jase[2] ! Dix journaux, ce matin, reproduisent cette lettre abominable, en l'accompagnant de commentaires ironiques ! On rappelle notre généalogie[3], nos ancêtres, les morts illustres de notre famille. On feint de prendre la chose au sérieux.

– Cependant personne ne peut croire…

– Évidemment, personne. Il n'empêche que nous sommes la fable[4] de Paris.

– Demain, on n'y pensera plus.

– Demain, ma fille, on se souviendra que le nom d'Angélique de Sarzeau-Vendôme a été prononcé plus

---

1. Offense : action qui porte atteinte à l'honneur et à la dignité d'une personne.
2. En jase : en parle avec malveillance.
3. Généalogie : liste des membres d'une même famille et de leurs ancêtres.
4. Fable : objet de moquerie.

qu'il ne devait l'être. Ah ! si je pouvais savoir quel est le misérable qui s'est permis...

À ce moment, Hyacinthe, son valet de chambre particulier, entra et prévint M. le duc qu'on le demandait au téléphone. Toujours furieux, il décrocha l'appareil et bougonna :

– Eh bien ? Qu'y a-t-il ? Oui, c'est moi, le duc de Sarzeau-Vendôme.

On lui répondit :

– J'ai des excuses à vous faire, monsieur le duc, ainsi qu'à Mlle Angélique. C'est la faute de mon secrétaire.

– Votre secrétaire ?

– Oui, les lettres de faire-part[1] n'étaient qu'un projet dont je voulais vous soumettre la rédaction. Par malheur, mon secrétaire a cru...

– Mais enfin, monsieur, qui êtes-vous ?

– Comment, monsieur le duc, vous ne reconnaissez pas ma voix ? la voix de votre futur gendre ?

– Quoi ?

– Arsène Lupin.

Le duc tomba sur une chaise. Il était livide.

– Arsène Lupin... C'est lui... Arsène Lupin...

Angélique eut un sourire.

– Vous voyez, mon père, qu'il n'y a là qu'une plaisanterie, une mystification[2]...

Mais le duc, soulevé d'une nouvelle colère, se mit à marcher en gesticulant :

---

1. Faire-part : lettre imprimée annonçant un événement familial (naissance, mariage, décès).
2. Mystification : farce, tromperie.

– Je vais déposer une plainte !… Il est inadmissible que cet individu se moque de moi !… S'il y a encore une justice, elle doit agir !…

Une seconde fois, Hyacinthe entra. Il apporta deux cartes.

– Chotois ? Lepetit ? Connais pas.
– Ce sont deux journalistes, monsieur le duc.
– Qu'est-ce qu'ils me veulent ?
– Ils voudraient parler à monsieur le duc au sujet… du mariage.
– Qu'on les fiche à la porte ! s'exclama le duc. Et dites au concierge que mon hôtel est fermé aux paltoquets[1] de cette espèce.
– Je vous en prie, mon père…, risqua Angélique.
– Toi, ma fille, laisse-nous la paix. Si tu avais consenti autrefois à épouser un de tes cousins, nous n'en serions pas là.

Le soir même de cette scène, un des deux reporters publiait, en première page de son journal, un récit quelque peu fantaisiste de son expédition rue de Varenne, dans l'antique demeure des Sarzeau-Vendôme, et s'étendait complaisamment sur le courroux[2] et sur les protestations du vieux gentilhomme.

Le lendemain, un autre journal insérait une interview d'Arsène Lupin, prétendue prise dans un couloir de l'Opéra. Arsène Lupin ripostait :

---

1. Paltoquet : homme grossier, mal élevé (familier).
2. Courroux : colère.

Je partage entièrement l'indignation de mon futur beau-père. L'envoi de ces lettres constitue une incorrection dont je ne suis pas responsable, mais dont je tiens à m'excuser publiquement. Pensez donc, la date de notre mariage n'est pas encore fixée ! Mon beau-père propose le début de mai. Ma fiancée et moi trouvons cela bien tard ! Six semaines d'attente !…

Ce qui donnait à l'affaire une saveur toute spéciale et que les amis de la maison goûtaient particulièrement, c'était le caractère même du duc, son orgueil, l'intransigeance de ses idées et de ses principes. Dernier descendant des barons de Sarzeau, la plus noble famille de Bretagne, arrière-petit-fils de ce Sarzeau qui, ayant épousé une Vendôme, ne consentit qu'après dix ans de Bastille[1] à porter le nouveau titre que Louis XV lui imposait, le duc Jean n'avait renoncé à aucun des préjugés de l'Ancien Régime[2]. Dans sa jeunesse il avait suivi le comte de Chambord[3] en exil. Devenu vieux, il refusait un siège au Palais-Bourbon[4] sous prétexte qu'un Sarzeau ne peut s'asseoir qu'entre ses pairs[5].

L'aventure le toucha au vif. Il ne décolérait pas, invectivant Lupin à coups d'épithètes sonores, le menaçant de tous les supplices possibles, s'en prenant à sa fille.

---

1. La Bastille : prison parisienne, détruite lors de la Révolution française.
2. Ancien Régime : régime politique et social de la France, du XVIe siècle à la Révolution. Il se caractérisait par la monarchie absolue et la division de la société en trois ordres.
3. Comte de Chambord : Henri d'Artois (1820-1883), petit-fils du roi Charles X.
4. Palais-Bourbon : bâtiment abritant l'Assemblée nationale.
5. Pair : personne du même rang social (aristocrate).

– Voilà ! si tu t'étais mariée !… Ce ne sont pourtant pas les partis qui manquaient ! Tes trois cousins, Mussy, d'Emboise et Caorches sont de bonne noblesse, bien apparentés[1], suffisamment riches, et ils ne demandent encore qu'à t'épouser. Pourquoi les refuses-tu ? Ah ! C'est que mademoiselle est une rêveuse, une sentimentale, et ses cousins sont trop gros, ou trop maigres, ou trop vulgaires !…

C'était une rêveuse, en effet. Livrée à elle-même depuis son enfance, elle avait lu tous les livres de chevalerie, tous les fades[2] romans d'autrefois qui traînaient dans les armoires de ses aïeules, et elle voyait la vie comme un conte de fées où les jeunes filles très belles sont toujours heureuses, tandis que les autres attendent jusqu'à la mort le fiancé qui ne vient pas. Pourquoi eût-elle épousé l'un de ses cousins, puisqu'ils n'en voulaient qu'à sa dot, aux millions que sa mère lui avait laissés ? Autant rester vieille fille[3] et rêver…

Elle répondit doucement :

– Vous allez vous rendre malade, mon père. Oubliez cette histoire ridicule.

Mais comment aurait-il oublié ? Chaque matin un coup d'épingle ravivait sa blessure. Trois jours de suite Angélique reçut une merveilleuse gerbe de fleurs où se dissimulait la carte d'Arsène Lupin. Il ne pouvait aller à son cercle, sans qu'un ami l'abordât :

– Elle est drôle, celle d'aujourd'hui.

---

1. Bien apparentés : du même milieu social.
2. Fades : plats, sans intérêt.
3. Vieille fille : femme d'un certain âge restée célibataire.

– Quoi ?
– Mais la nouvelle fumisterie de votre gendre ! Ah ! vous ne savez pas ? Tenez, lisez...

M. Arsène Lupin demandera au Conseil d'État[1] d'ajouter à son nom le nom de sa femme et de s'appeler désormais : Lupin de Sarzeau-Vendôme.

Et le lendemain on lisait :

La jeune fiancée portant en vertu d'une ordonnance[2], non abrogée[3], de Charles X[4], le titre et les armes de Bourbon-Condé, dont elle est la dernière héritière, le fils aîné des Lupin de Sarzeau-Vendôme aura nom prince Arsène de Bourbon-Condé.

Et le jour suivant une réclame annonçait :

La Grande Maison de Linge expose le trousseau[5] de Mlle Sarzeau-Vendôme. Comme initiales : L.S.V.

Puis une feuille d'illustrations publia une scène photographique : le duc, son gendre et sa fille, assis autour d'une table, et jouant au piquet voleur[6].

---

1. Conseil d'État : la plus haute juridiction administrative française.
2. Ordonnance : texte de loi émanant du roi.
3. Non abrogée : un texte de loi émanant du roi et n'ayant pas été supprimée.
4. Charles X : roi de France de 1824 à 1830.
5. Trousseau : ici, ensemble des vêtements et du linge de maison donné à une jeune fille qui se marie.
6. Piquet voleur : jeu de cartes.

Et la date aussi fut annoncée à grand fracas : le 4 mai.

Et des détails furent donnés sur le contrat. Lupin se montrait d'un désintéressement admirable. Il signerait, disait-on, les yeux fermés, sans connaître le chiffre de la dot.

Tout cela mettait le vieux gentilhomme hors de lui. Sa haine contre Lupin prenait des proportions maladives. Bien que la démarche lui coûtât, il se rendit chez le préfet de Police qui lui conseilla de se méfier.

– Nous avons l'habitude du personnage, il emploie contre vous un de ses trucs favoris. Passez-moi l'expression, monsieur le duc, il vous « cuisine[1] », ne tombez pas dans le piège.

– Quel truc, quel piège ? demanda-t-il anxieusement.

– Il cherche à vous affoler et à vous faire accomplir, par intimidation, tel acte auquel, de sang-froid, vous vous refuseriez.

– M. Arsène Lupin n'espère pourtant pas que je vais lui offrir la main de ma fille !

– Non, mais il espère que vous allez commettre… comment dirai-je ? une gaffe.

– Laquelle ?

– Celle qu'il veut précisément que vous commettiez.

– Alors, votre conclusion, monsieur le préfet ?

– C'est de rentrer chez vous, monsieur le duc, ou, si tout ce bruit vous agace, de partir pour la campagne, et d'y rester bien tranquillement, sans vous émouvoir.

---

1. Cuisine : prépare (familier).

Cette conversation ne fit qu'aviver les craintes du vieux gentilhomme. Lupin lui parut un personnage terrible, usant de procédés diaboliques, et entretenant des complices dans tous les mondes. Il fallait se méfier.

Dès lors, la vie ne fut point tolérable.

Il devint de plus en plus hargneux et taciturne[1], et ferma la porte à tous ses anciens amis, même aux trois prétendants d'Angélique, les cousins Mussy, d'Emboise et Caorches, qui, fâchés tous les trois les uns avec les autres, par suite de leur rivalité, venaient alternativement toutes les semaines.

Sans le moindre motif, il chassa son maître d'hôtel et son cocher. Mais il n'osa les remplacer de peur d'introduire chez lui des créatures d'Arsène Lupin, et son valet de chambre particulier, Hyacinthe, en qui, l'ayant à son service depuis quarante ans, il avait toute confiance, dut s'astreindre aux corvées de l'écurie et de l'office[2].

– Voyons, mon père, disait Angélique, s'efforçant de lui faire entendre raison, je ne vois vraiment pas ce que vous redoutez. Personne au monde ne peut me contraindre à ce mariage absurde.

– Parbleu! Ce n'est pas cela que je redoute.

– Alors, quoi, mon père?

– Est-ce que je sais? Un enlèvement! Un cambriolage! Un coup de force! Il est hors de doute aussi que nous sommes environnés d'espions.

---

1. Taciturne : renfermé.
2. Office : service de la table.

Un après-midi, il reçut un journal où cet article était souligné au crayon rouge :

La soirée du contrat[1] a lieu aujourd'hui à l'hôtel Sarzeau-Vendôme. Cérémonie tout intime, où quelques privilégiés seulement seront admis à complimenter les heureux fiancés. Aux futurs témoins de Mlle Sarzeau-Vendôme, le prince de la Rochefoucault-Limours, et le comte de Chartres, M. Arsène Lupin présentera les personnalités qui ont tenu à honneur de lui assurer leur concours, M. le préfet de Police et M. le directeur de la prison de la Santé.

C'était trop. Dix minutes plus tard, le duc envoyait son domestique Hyacinthe porter trois pneumatiques. À quatre heures, en présence d'Angélique, il recevait les trois cousins : Paul de Mussy, gros, lourd, et d'une pâleur extrême ; Jacques d'Emboise, mince, rouge de figure et timide ; Anatole de Caorches, petit, maigre et maladif ; tous trois de vieux garçons[2] déjà, sans élégance et sans allure.

La réunion fut brève. Le duc avait préparé tout un plan de campagne, de campagne défensive, dont il dévoila, en termes catégoriques, la première partie.

– Angélique et moi nous quittons Paris cette nuit, et nous nous retirons dans nos terres de Bretagne. Je compte sur vous trois, mes neveux, pour coopérer à ce

---

1. Contrat de mariage.
2. Vieux garçon : homme d'un certain âge resté célibataire.

départ. Toi, Emboise, tu viendras nous chercher avec ta limousine. Vous, Mussy, vous amènerez votre automobile et vous voudrez bien vous occuper des bagages avec mon valet de chambre Hyacinthe. Toi, Caorches, tu seras à la gare d'Orléans[1], et tu prendras des sleepings[2] pour Vannes[3] au train de dix heures quarante. C'est promis ?

La fin de la journée s'écoula sans incidents. Après le dîner seulement, afin d'éviter toutes chances d'indiscrétion, le duc prévint Hyacinthe d'avoir à remplir une malle et une valise. Hyacinthe était du voyage, ainsi que la femme de chambre d'Angélique.

À neuf heures, tous les domestiques, sur l'ordre de leur maître, étaient couchés. À dix heures moins dix, le duc, qui terminait ses préparatifs, entendit la trompe d'une automobile. Le concierge ouvrit la porte de la cour d'honneur. De la fenêtre, le duc reconnut le landaulet[4] de Jacques d'Emboise.

– Allez lui dire que je descends, ordonna-t-il à Hyacinthe, et prévenez mademoiselle.

Au bout de quelques minutes, comme Hyacinthe n'était pas de retour, il sortit de sa chambre. Mais, sur le palier, il fut assailli par deux hommes masqués, qui le bâillonnèrent et l'attachèrent avant qu'il eût pu pousser un seul cri. Et l'un de ces hommes lui dit à voix basse :

---

1. Gare d'Orléans : ancien nom de la gare parisienne d'Austerlitz.
2. Sleeping : wagon-lit (anglicisme).
3. Vannes : commune du sud de la Bretagne, dans le département du Morbihan.
4. Landaulet : voiture automobile dont la partie arrière peut être découverte.

– Premier avertissement, monsieur le duc. Si vous persistez à quitter Paris, et à me refuser votre consentement, ce sera plus grave.

Et le même individu enjoignit à son compagnon :

– Garde-le. Je m'occupe de la demoiselle.

À ce moment, deux autres complices s'étaient déjà emparés de la femme de chambre, et Angélique, également bâillonnée, évanouie, gisait sur un fauteuil de son boudoir.

Elle se réveilla presque aussitôt sous l'action des sels qu'on lui faisait respirer, et, quand elle ouvrit les yeux, elle vit penché au-dessus d'elle un homme jeune, en tenue de soirée, la figure souriante et sympathique, qui lui dit :

– Je vous demande pardon, mademoiselle. Tous ces incidents sont un peu brusques, et cette façon d'agir plutôt anormale. Mais les circonstances nous entraînent souvent à des actes que notre conscience n'approuve pas. Excusez-moi.

Il lui prit la main très doucement, et passa un large anneau d'or au doigt de la jeune fille, en prononçant :

– Voici. Nous sommes fiancés. N'oubliez jamais celui qui vous offre cet anneau… Il vous supplie de ne pas fuir… et d'attendre à Paris les marques de son dévouement. Ayez confiance en lui.

Il disait tout cela d'une voix si grave et si respectueuse, avec tant d'autorité et de déférence, qu'elle n'avait pas la force de résister. Leurs yeux se rencontrèrent. Il murmura :

– Les beaux yeux purs que vous avez ! Ce sera bon

de vivre sous le regard de ces yeux. Fermez-les maintenant…

Il se retira. Ses complices le suivirent. L'automobile repartit, et l'hôtel de la rue de Varenne demeura silencieux jusqu'à l'instant où Angélique, reprenant toute sa connaissance, appela les domestiques.

Ils trouvèrent le duc, Hyacinthe, la femme de chambre, et le ménage[1] des concierges, tous solidement ligotés. Quelques bibelots de grande valeur avaient disparu, ainsi que le portefeuille du duc et tous ses bijoux, épingles de cravate, boutons en perles fines, montre, etc.

La police fut aussitôt prévenue. Dès le matin on apprenait que la veille au soir, comme il sortait de chez lui en automobile, d'Emboise avait été frappé d'un coup de couteau par son propre chauffeur, et jeté, à moitié mort, dans une rue déserte. Quant à Mussy et à Caorches, ils avaient reçu un message téléphonique soi-disant envoyé par le duc et qui les contremandait[2].

La semaine suivante, sans plus se soucier de l'enquête, sans répondre aux convocations du juge d'instruction, sans même lire les communications d'Arsène Lupin à la presse sur « la fuite de Varennes[3] », le duc, sa fille et son valet de chambre prenaient sournoisement un train omnibus pour Vannes, et descendaient,

---

1. Ménage : couple.
2. Contremandait : décommandait.
3. La fuite de Varennes : allusion à la tentative de Louis XVI de quitter la France (20-21 juin 1791) pour échapper à la Révolution.

un soir, dans l'antique château féodal qui domine la presqu'île de Sarzeau[1]. Tout de suite, avec l'aide de paysans bretons, véritables vassaux[2] du Moyen Âge, on organisait la résistance. Le quatrième jour Mussy arrivait, le cinquième Caorches, et le septième Emboise, dont la blessure n'était pas aussi grave qu'on le craignait.

Le duc attendit deux jours encore avant de signifier à son entourage ce qu'il appelait, puisque son évasion avait réussi malgré Lupin, la seconde moitié de son plan. Il le fit en présence des trois cousins, par un ordre péremptoire dicté à Angélique, et qu'il voulut bien expliquer ainsi :

– Toutes ces histoires me font le plus grand mal. J'ai entrepris contre cet homme, dont nous avons pu juger l'audace, une lutte qui m'épuise. Je veux en finir coûte que coûte. Pour cela il n'est qu'un moyen, Angélique, c'est que vous me déchargiez de toute responsabilité en acceptant la protection d'un de vos cousins. Avant un mois, il faut que vous soyez la femme de Mussy, de Caorches ou d'Emboise. Votre choix est libre. Décidez-vous.

Durant quatre jours Angélique pleura, supplia son père. À quoi bon ? Elle sentait bien qu'il serait inflexible et qu'elle devrait, en fin de compte, se soumettre à sa volonté. Elle accepta.

– Celui que vous voudrez, mon père, je n'aime

---

1. Presqu'île de Sarzeau (ou de Rhuys) : presqu'île séparant le golfe du Morbihan de l'océan Atlantique, dans le sud de la Bretagne.
2. Vassal : personne inférieure dépendante d'un seigneur.

aucun d'eux. Alors, que m'importe d'être malheureuse avec l'un plutôt qu'avec l'autre !

Sur quoi, nouvelle discussion, le duc voulant la contraindre à un choix personnel. Elle ne céda point. De guerre lasse, et pour des raisons de fortune, il désigna Emboise.

Aussitôt les bans[1] furent publiés.

Dès lors, la surveillance redoubla autour du château, d'autant que le silence de Lupin et la cessation brusque de la campagne menée par lui dans les journaux ne laissaient pas d'inquiéter le duc de Sarzeau-Vendôme. Il était évident que l'ennemi préparait un coup et qu'il tenterait de s'opposer au mariage par quelques-unes de ces manœuvres qui lui étaient familières.

Pourtant il ne se passa rien. L'avant-veille, la veille, le matin de la cérémonie, rien. Le mariage eut lieu à la mairie, puis il y eut la bénédiction nuptiale à l'église. C'était fini.

Seulement alors, le duc respira. Malgré la tristesse de sa fille, malgré le silence embarrassé de son gendre que la situation semblait gêner quelque peu, il se frottait les mains d'un air heureux, comme après la victoire la plus éclatante.

– Qu'on baisse le pont-levis ! dit-il à Hyacinthe, qu'on laisse entrer tout le monde ! Nous n'avons plus rien à craindre de ce misérable.

Après le déjeuner, il fit distribuer du vin aux paysans et trinqua avec eux. Ils chantèrent et ils dansèrent.

---

1. Bans : annonce publique d'un futur mariage.

Vers trois heures, il rentra dans les salons du rez-de-chaussée.

C'était le moment de sa sieste. Il gagna, tout au bout des pièces, la salle des gardes. Mais il n'en avait pas franchi le seuil qu'il s'arrêta brusquement et s'écria :

– Qu'est-ce que tu fais donc là, Emboise ? En voilà une plaisanterie !

Emboise était debout, en vêtements de pêcheur breton, culotte et veston sales, déchirés, rapiécés, trop larges et trop grands pour lui.

Le duc semblait stupéfait. Il examina longtemps, avec des yeux ahuris, ce visage qu'il connaissait, et qui, en même temps, éveillait en lui des souvenirs vagues d'un passé très lointain. Puis, tout à coup, il marcha vers l'une des fenêtres qui donnaient sur l'esplanade et appela :

– Angélique !

– Qu'y a-t-il, mon père ? répondit-elle en s'avançant.

– Ton mari ?

– Il est là, mon père, fit Angélique en montrant Emboise qui fumait une cigarette et lisait à quelque distance.

Le duc trébucha et tomba assis sur un fauteuil, avec un grand frisson d'épouvante.

– Ah ! je deviens fou !

Mais l'homme qui portait des habits de pêcheur s'agenouilla devant lui en disant :

– Regardez-moi, mon oncle ! Vous me reconnaissez, n'est-ce pas, c'est moi votre neveu, celui qui jouait ici autrefois, celui que vous appeliez Jacquot… Rappelez-vous… Tenez, voyez cette cicatrice…

– Oui… oui…, balbutia le duc, je te reconnais… C'est toi, Jacques… Mais l'autre…

Il se pressa la tête entre les mains.

– Et pourtant non, ce n'est pas possible… Explique-toi… Je ne comprends pas… Je ne veux pas comprendre…

Il y eut un silence pendant lequel le nouveau venu ferma la fenêtre et ferma la porte qui communiquait avec le salon voisin. Puis il s'approcha du vieux gentilhomme, lui toucha doucement l'épaule, pour le réveiller de sa torpeur, et sans préambule, comme s'il eût voulu couper court à toute explication qui ne fût pas strictement nécessaire, il commença en ces termes :

« Vous vous rappelez, mon oncle, que j'ai quitté la France depuis quinze ans, après le refus qu'Angélique opposa à ma demande en mariage. Or, il y a quatre ans, c'est-à-dire la onzième année de mon exil volontaire et de mon établissement dans l'extrême sud de l'Algérie, je fis la connaissance, au cours d'une partie de chasse organisée par un grand chef arabe, d'un individu dont la bonne humeur, le charme, l'adresse inouïe, le courage indomptable, l'esprit à la fois ironique et profond, me séduisirent au plus haut point.

Le comte d'Andrésy passa six semaines chez moi. Quand il fut parti, nous correspondîmes l'un avec l'autre de façon régulière. En outre, je lisais souvent son nom dans les journaux, aux rubriques mondaines ou sportives. Il devait revenir et je me préparais à le recevoir, il y a trois mois, lorsqu'un soir, comme je me promenais à cheval, les deux serviteurs arabes qui m'accompagnaient se jetèrent sur moi, m'attachèrent, me bandèrent les yeux, et me conduisirent, en sept nuits et sept jours, par des chemins déserts, jusqu'à une baie de la côte, où cinq hommes les attendaient. Aussitôt, je fus embarqué sur le petit yacht[1] à vapeur qui leva l'ancre sans plus tarder.

Qui étaient ces hommes ? Quel était leur but en m'enlevant ? Aucun indice ne put me renseigner. Ils m'avaient enfermé dans une cabine étroite percée d'un hublot que traversaient deux barres de fer en croix. Chaque matin, par un guichet qui s'ouvrait entre la cabine voisine et la mienne, on plaçait sur ma couchette deux ou trois livres de pain, une gamelle abondante et un flacon de vin, et on reprenait les restes de la veille que j'y avais disposés.

De temps à autre, la nuit, le yacht stoppait et j'entendais le bruit du canot qui s'en allait vers quelque havre[2], puis qui revenait chargé de provisions sans doute. Et l'on repartait, sans se presser, comme pour une croisière de gens du monde[3] qui flânent et n'ont pas hâte d'arriver. Quelquefois, monté sur une chaise, j'apercevais par mon hublot la ligne des côtes, mais si indistincte que je ne pouvais rien préciser.

---

1. Yacht : bateau de plaisance, à voile ou à moteur.
2. Havre : petit port naturel ou artificiel.
3. Gens du monde : personnes appartenant à la haute société.

Et cela dura des semaines. Un des matins de la neuvième, m'étant avisé que le guichet de communication n'avait pas été refermé, je le poussai. La cabine était vide à ce moment. Avec un effort, je réussis à prendre une lime à ongles sur une toilette.

Deux semaines après, à force de patience, j'avais limé les barres de mon hublot, et j'aurais pu m'évader par là ; mais, si je suis bon nageur, je me fatigue assez vite. Il me fallait donc choisir un moment où le yacht ne serait pas trop éloigné de la terre. C'est seulement avant-hier que, juché à mon poste, je discernai les côtes, et que, le soir, au coucher du soleil, je reconnus, à ma stupéfaction, la silhouette du château de Sarzeau avec ses tourelles pointues et la masse de son donjon. Était-ce donc là le terme de mon voyage mystérieux ?

Toute la nuit, nous croisâmes[1] au large. Et toute la journée d'hier également. Enfin ce matin, on se rapprocha à une distance que je jugeai propice, d'autant plus que nous naviguions entre des roches derrière lesquelles je pouvais nager en toute sécurité. Mais, à la minute même où j'allais m'enfuir, je m'avisai que, une fois encore, le guichet de communication que l'on avait cru fermer s'était rouvert de lui-même, et qu'il battait contre la cloison. Je l'entrebâillai de nouveau par curiosité. À portée de mon bras, il y avait une petite armoire que je pus ouvrir, et où ma main, à tâtons, au hasard, saisit une liasse de papiers.

---

1. Croisâmes : naviguâmes dans les mêmes parages.

C'étaient des lettres, des lettres qui contenaient les instructions adressées aux bandits dont j'étais prisonnier. Une heure après, lorsque j'enjambai le hublot et que je me laissai glisser dans la mer, je savais tout : les raisons de mon enlèvement, les moyens employés, le but poursuivi, et la machination abominable ourdie, depuis trois mois, contre le duc de Sarzeau-Vendôme et contre sa fille. Malheureusement, il était trop tard. Obligé, pour n'être pas vu du bateau, de me blottir dans le creux d'un récif, je n'abordai la côte qu'à midi. Le temps de gagner la cabane d'un pêcheur, de troquer mes vêtements contre les siens, de venir ici. Il était trois heures. En arrivant j'appris que le mariage avait été célébré le matin même. »

Le vieux gentilhomme n'avait pas prononcé une parole. Les yeux rivés aux yeux de l'étranger, il écoutait avec un effroi grandissant.

Parfois le souvenir des avertissements que lui avait donnés le préfet de Police revenait à son esprit : « On vous cuisine, monsieur le duc... On vous cuisine. »

Il dit, la voix sourde :

– Parle... achève... Tout cela m'oppresse... Je ne comprends pas encore... et j'ai peur.

L'étranger reprit :

« Hélas ! L'histoire est facile à reconstituer et se résume en quelques phrases. Voici : lors de sa visite chez moi, et des confidences que j'eus le tort de lui faire, le comte d'Andrésy retint plusieurs choses :

d'abord que j'étais votre neveu, et que, cependant, vous me connaissiez relativement peu, puisque j'avais quitté Sarzeau tout enfant et que, depuis, nos relations s'étaient bornées au séjour de quelques semaines que je fis ici, il y a quinze ans, et durant lesquelles je demandai la main de ma cousine Angélique ; ensuite, que, ayant rompu avec tout mon passé, je ne recevais plus aucune correspondance ; et enfin, qu'il y avait, entre lui, Andrésy, et moi, une certaine ressemblance physique que l'on pouvait accentuer jusqu'à la rendre frappante. Son plan fut échafaudé[1] sur ces trois points.

Il soudoya[2] mes deux serviteurs arabes, qui devaient l'avertir au cas où j'aurais quitté l'Algérie. Puis il revint à Paris avec mon nom et mon apparence exacte, se fit connaître de vous, chez qui il fut invité chaque quinzaine, et vécut sous mon nom, qui devint ainsi l'une des nombreuses étiquettes sous lesquelles il cache sa véritable personnalité. Il y a trois mois, "la poire étant mûre[3]", comme il dit dans ses lettres, il commença l'attaque par une série de communications à la presse, et en même temps, craignant sans doute qu'un journal ne révélât en Algérie le rôle que l'on jouait sous mon nom à Paris, il me faisait frapper par mes serviteurs, puis enlever par ses complices. Dois-je vous en dire davantage en ce qui vous concerne, mon oncle ? »

---

1. Échafaudé : élaboré, construit.
2. Soudoya : acheta la complicité.
3. « La poire étant mûre » : le bon moment pour agir étant arrivé.

Un tremblement nerveux agitait le duc de Sarzeau-Vendôme. L'épouvantable vérité, à laquelle il refusait d'ouvrir les yeux, lui apparaissait tout entière, et prenait le visage odieux de l'ennemi. Il agrippa les mains de son interlocuteur et lui dit âprement, désespérément :

– C'est Lupin, n'est-ce pas ?

– Oui, mon oncle.

– Et c'est à lui... c'est à lui que j'ai donné ma fille en mariage !

– Oui, mon oncle, à lui qui m'a volé mon nom de Jacques d'Emboise, et qui vous a volé votre fille. Angélique est la femme légitime d'Arsène Lupin et cela conformément à vos ordres. Une lettre de lui que voici en fait foi. Il a bouleversé votre existence, troublé votre esprit, assiégé « les pensées de vos veilles et les rêves de vos nuits », cambriolé votre hôtel, jusqu'à l'instant où, pris de peur, vous vous êtes réfugié ici, et où, croyant échapper à ses manœuvres et à son chantage, vous avez dit à votre fille de désigner comme époux l'un de ses trois cousins, Mussy, Emboise ou Caorches.

– Mais pourquoi a-t-elle choisi celui-là plutôt que les deux autres ?

– C'est vous, mon oncle, qui l'avez choisi.

– Au hasard... parce qu'il était plus riche...

– Non, pas au hasard, mais sur les conseils sournois, obsédants et très habiles de votre domestique Hyacinthe.

Le duc sursauta.

– Hein ! Quoi ! Hyacinthe serait complice ?

– D'Arsène Lupin, non, mais de l'homme qu'il croit être Emboise et qui a promis de lui verser cent mille francs, huit jours après le mariage.

– Ah! le bandit!... Il a tout combiné, tout prévu.

– Tout prévu, mon oncle, jusqu'à simuler un attentat contre lui-même, afin de détourner les soupçons, jusqu'à simuler une blessure, reçue à votre service.

– Mais dans quelle intention? Pourquoi toutes ces infamies?

– Angélique possède onze millions, mon oncle. Votre notaire à Paris devait en remettre les titres la semaine prochaine au pseudo[1] d'Emboise, lequel les réalisait aussitôt et disparaissait. Mais, dès ce matin, vous lui avez remis, comme cadeau personnel, cinq cent mille francs d'obligations au porteur[2] que ce soir, à neuf heures, hors du château, près du Grand-Chêne, il doit passer à l'un de ses complices, qui les négociera[3] demain matin à Paris.

Le duc de Sarzeau-Vendôme s'était levé, et il marchait rageusement en frappant des pieds.

– Ce soir à neuf heures, dit-il... Nous verrons... Nous verrons... D'ici là... Je vais prévenir la gendarmerie.

– Arsène Lupin se moque bien des gendarmes.

– Télégraphions à Paris.

– Oui, mais les cinq cent mille francs... Et puis le

---

1. Pseudo : prétendu, faux.
2. Obligation au porteur : titre de créance anonyme ; celui qui le détient est considéré comme le propriétaire.
3. Négociera : vendra.

scandale surtout, mon oncle… Pensez à ceci : votre fille, Angélique de Sarzeau-Vendôme, mariée à cet escroc, à ce brigand… Non, non, à aucun prix…

– Alors quoi ?

– Quoi ?

À son tour, le neveu se leva et, marchant vers un râtelier où des armes de toutes sortes étaient suspendues, il décrocha un fusil qu'il posa sur la table près du vieux gentilhomme.

– Là-bas, mon oncle, aux confins du désert, quand nous nous trouvons en face d'une bête fauve, nous ne prévenons pas les gendarmes, nous prenons notre carabine et nous l'abattons, la bête fauve, sans quoi c'est elle qui nous écrase sous sa griffe.

– Qu'est-ce que tu dis ?

– Je dis que j'ai pris là-bas l'habitude de me passer des gendarmes. C'est une façon de rendre la justice un peu sommaire, mais c'est la bonne, croyez-moi, et, aujourd'hui, dans le cas qui nous occupe, c'est la seule. La bête morte, vous et moi l'enterrerons dans quelque coin…, ni vu ni connu.

– Angélique ?…

– Nous l'avertirons après.

– Que deviendra-t-elle ?

– Elle restera… ce qu'elle est légalement, ma femme, la femme du véritable Emboise. Demain, je l'abandonne et je retourne en Algérie. Dans deux mois, le divorce est prononcé.

Le duc écoutait, pâle, les yeux fixes, la mâchoire crispée. Il murmura :

– Es-tu sûr que ses complices du bateau ne le préviendront pas de ton évasion ?

– Pas avant demain.

– De sorte que ?

– De sorte qu'à neuf heures, ce soir, Arsène Lupin prendra inévitablement, pour aller au Grand-Chêne, le chemin de ronde qui suit les anciens remparts et qui contourne les ruines de la chapelle. J'y serai, moi, dans les ruines.

– J'y serai, moi aussi, dit simplement le duc de Sarzeau-Vendôme en décrochant un fusil de chasse.

Il était à ce moment cinq heures du soir. Le duc s'entretint longtemps encore avec son neveu, vérifia les armes, les rechargea. Puis, dès que la nuit fut venue, par des couloirs obscurs, il le conduisit jusqu'à sa chambre et le cacha dans un réduit contigu.

La fin de l'après-midi s'écoula sans incident. Le dîner eut lieu. Le duc s'efforça de rester calme. De temps en temps, à la dérobée[1], il regardait son gendre et s'étonnait de la ressemblance qu'il offrait avec le véritable Emboise. C'était le même teint, la même forme de figure, la même coupe de cheveux. Pourtant le regard différait, plus vif chez celui-là, plus lumineux, et, à la longue, le duc découvrit de petits détails inaperçus jusqu'ici, et qui prouvaient l'imposture[2] du personnage.

Après le dîner on se sépara. La pendule marquait

---

1. À la dérobée : sans être vu, en cachette.
2. Imposture : apparence trompeuse.

huit heures. Le duc passa dans sa chambre et délivra son neveu. Dix minutes plus tard, à la faveur de la nuit, ils se glissaient au milieu des ruines, le fusil en main.

Angélique cependant avait gagné, en compagnie de son mari, l'appartement qu'elle occupait au rez-de-chaussée d'une tour qui flanquait l'aile gauche du château. Au seuil de l'appartement, son mari lui dit :

– Je vais me promener un peu, Angélique. À mon retour, consentirez-vous à me recevoir ?

– Certes, dit-elle.

Il la quitta et monta au premier étage, ferma la porte à clef, ouvrit doucement une fenêtre qui donnait sur la campagne et se pencha. Au pied de la tour, à quarante mètres au-dessous de lui, il distingua une ombre. Il siffla. Un léger coup de sifflet lui répondit.

Alors il tira d'une armoire une grosse serviette en cuir, bourrée de papiers, qu'il enveloppa d'une étoffe noire et ficela. Puis il s'assit à sa table et écrivit :

Content que tu aies reçu mon message, car je trouve dangereux de sortir du château avec le gros paquet des titres. Les voici. Avec ta motocyclette, tu arriveras à Paris pour le train de Bruxelles du matin. Là-bas, tu remettras les valeurs à Z... qui les négociera aussitôt.

A. L.

Post-scriptum. – *En passant au Grand-Chêne, dis aux camarades que je les rejoins. J'ai des instructions à leur donner. D'ailleurs, tout va bien. Personne ici n'a le moindre soupçon.*

Il attacha la lettre sur le paquet, et descendit le tout par la fenêtre, à l'aide d'une ficelle.

« Bien, se dit-il, ça y est. Je suis plus tranquille. »

Il patienta quelques minutes encore, en déambulant à travers la pièce, et en souriant à deux portraits de gentilshommes suspendus à la muraille :

– Horace de Sarzeau-Vendôme, maréchal de France... Le Grand Condé[1]... Je vous salue, mes aïeux. Lupin de Sarzeau-Vendôme sera digne de vous.

À la fin, le moment étant venu, il prit son chapeau et descendit.

Mais, au rez-de-chaussée, Angélique surgit de son appartement, et s'exclama, l'air égaré :

– Écoutez... je vous en prie... il serait préférable...

Et tout de suite, sans en dire davantage, elle rentra chez elle, laissant à son mari une vision d'effroi et de délire.

« Elle est malade, se dit-il. Le mariage ne lui réussit pas. »

Il alluma une cigarette et conclut, sans attacher d'importance à cet incident qui eût dû le frapper : « Pauvre Angélique ! tout ça finira par un divorce... »

Dehors la nuit était obscure, le ciel voilé de nuages. Les domestiques fermaient les volets du château. Il

---

1. Le Grand Condé : Louis II de Bourbon-Condé (1621-1686), prince de sang, illustre général du siècle de Louis XIV.

n'y avait point de lumière aux fenêtres, le duc ayant l'habitude de se coucher après le repas.

En passant devant le logis du garde, et en s'engageant sur le pont-levis :

– Laissez la porte ouverte, dit-il, je fais un tour et je reviens.

Le chemin de ronde se trouvait à droite, et conduisait, le long des anciens remparts qui jadis ceignaient le château d'une seconde enceinte beaucoup plus vaste, jusqu'à une poterne[1] aujourd'hui presque démolie.

Ce chemin, qui contournait une colline et suivait ensuite le flanc d'un vallon escarpé, était bordé à gauche de taillis épais.

– Quel merveilleux endroit pour un guet-apens, dit-il. C'est un vrai coupe-gorge.

Il s'arrêta, croyant entendre du bruit. Mais non, c'était un froissement de feuilles. Pourtant une pierre dégringola le long des pentes, rebondissant aux aspérités du roc. Mais, chose bizarre, rien ne l'inquiétait, il se remit à marcher. L'air vif de la mer arrivait jusqu'à lui par-dessus les plaines de la presqu'île, il s'en remplissait les poumons avec joie.

« Comme c'est bon de vivre ! se dit-il. Jeune encore, de vieille noblesse, multimillionnaire, qu'est-ce qu'on peut rêver de mieux, Lupin de Sarzeau-Vendôme ? »

À une petite distance, il aperçut, dans l'obscurité, la silhouette plus noire de la chapelle dont les ruines

---

1. Poterne : porte dissimulée dans le mur d'une fortification.

dominaient le chemin de quelques mètres. Des gouttes de pluie commençaient à tomber, et il entendit une horloge frapper neuf coups. Il hâta le pas. Il y eut une courte descente, puis une montée. Et, brusquement, il s'arrêta de nouveau.

Une main saisit la sienne.

Il recula, voulut se dégager.

Mais quelqu'un émergeait d'un groupe d'arbres qu'il frôlait, et une voix lui dit :

– Taisez-vous… Pas un mot…

Il reconnut sa femme, Angélique.

– Qu'est-ce qu'il y a donc ? demanda-t-il.

Elle murmura, si bas que les mots étaient à peine intelligibles :

– On vous guette… Ils sont là, dans les ruines, avec des fusils…

– Qui ?

– Silence… Écoutez…

Ils restèrent immobiles un instant, puis elle dit :

– Ils ne bougent pas… Peut-être ne m'ont-ils pas entendue. Retournons…

– Mais…

– Suivez-moi !

L'accent était si impérieux qu'il obéit sans l'interroger davantage. Mais soudain elle s'effara.

– Courons… Ils viennent… J'en suis sûre…

De fait, on percevait un bruit de pas.

Alors, rapidement, lui tenant toujours la main, avec une force irrésistible elle l'entraîna par un raccourci, dont elle suivait les sinuosités sans hésitation, malgré les ténèbres et les ronces. Et, très vite, ils arrivèrent au pont-levis.

Elle passa son bras sous le sien. Le garde les salua. Ils traversèrent la grande cour, pénétrèrent dans le château, et elle le conduisit jusqu'à la tour d'angle où ils demeuraient tous deux.

– Entrez, dit-elle.

– Chez vous ?

– Oui.

Deux femmes de chambre attendaient. Sur l'ordre de leur maîtresse, elles se retirèrent dans les pièces qu'elles occupaient au troisième étage.

Presque aussitôt on frappait à la porte du vestibule qui commandait l'appartement, et quelqu'un appela.

– Angélique !

– C'est vous, mon père ? dit-elle en dominant son émotion.

– Oui, ton mari est ici ?

– Nous venons de rentrer.

– Dis-lui que j'aurais besoin de lui parler. Qu'il me rejoigne chez moi… C'est urgent.

– Bien, mon père, je vais vous l'envoyer.

Elle prêta l'oreille durant quelques secondes, puis revint dans le boudoir où se tenait son mari, et elle affirma :

– J'ai tout lieu de croire que mon père ne s'est pas éloigné.

Il fit un geste pour sortir.

– En ce cas, s'il désire me parler…

— Mon père n'est pas seul, dit-elle vivement, en lui barrant la route.

— Qui donc l'accompagne ?

— Son neveu, Jacques d'Emboise.

Il y eut un silence. Il la regarda avec une certaine surprise, ne comprenant pas bien la conduite de sa femme. Mais, sans s'attarder à l'examen de cette question, il ricana :

— Ah ! cet excellent Emboise est là ? Alors tout le pot aux roses est découvert ? À moins que…

— Mon père sait tout, dit-elle… J'ai entendu une conversation tantôt, entre eux. Son neveu a lu des lettres… J'ai hésité d'abord à vous prévenir… Et puis j'ai cru que mon devoir…

Il l'observa de nouveau. Mais aussitôt repris par l'étrangeté de la situation, il éclata de rire :

— Comment ? mes amis du bateau ne brûlent pas mes lettres ? Et ils ont laissé échapper leur captif ? Les imbéciles ! Ah ! Quand on ne fait pas tout soi-même !… N'importe, c'est cocasse. Emboise contre Emboise… Eh ! mais, si l'on ne me reconnaissait plus, maintenant ? Si Emboise lui-même me confondait avec lui-même ?

Il se retourna vers une table de toilette, saisit une serviette qu'il mouilla et frotta de savon, et, en un tournemain, s'essuya la figure, se démaquilla et changea le mouvement de ses cheveux.

— Ça y est, dit-il apparaissant à Angélique tel qu'elle l'avait vu le soir du cambriolage, à Paris, ça y est. Je suis plus à mon aise pour discuter avec mon beau-père.

– Où allez-vous ? dit-elle en se jetant devant la porte.

– Dame ! Rejoindre ces messieurs.

– Vous ne passerez pas !

– Pourquoi ?

– Et s'ils vous tuent ?

– Me tuer ?

– C'est cela qu'ils veulent, vous tuer... cacher votre cadavre quelque part... Qui le saurait ?

– Soit, dit-il, à leur point de vue ils ont raison. Mais si je ne vais pas au-devant d'eux, c'est eux qui viendront. Ce n'est pas cette porte qui les arrêtera... Ni vous, je pense. Par conséquent il vaut mieux en finir.

– Suivez-moi ! ordonna Angélique.

Elle souleva la lampe qui les éclairait, entra dans sa chambre, poussa l'armoire à glace, qui roula sur des roulettes dissimulées, écarta une vieille tapisserie et dit :

– Voici une autre porte qui n'a pas servi depuis longtemps. Mon père en croit la clef perdue. La voici. Ouvrez. Un escalier pratiqué dans les murailles vous mènera tout au bas de la tour. Vous n'aurez qu'à tirer les verrous d'une seconde porte. Vous serez libre.

Il fut stupéfait, et il comprit soudain toute la conduite d'Angélique. Devant ce visage mélancolique, disgracieux, mais d'une telle douceur, il resta un moment décontenancé, presque confus. Il ne pensait plus à rire. Un sentiment de respect, où il y avait des remords et de la bonté, pénétrait en lui.

– Pourquoi me sauvez-vous ? murmura-t-il.

— Vous êtes mon mari.

Il protesta :

— Mais non… Mais non… C'est un titre que j'ai volé. La loi ne reconnaîtra pas ce mariage.

— Mon père ne veut pas de scandale, dit-elle.

— Justement, fit-il avec vivacité, justement j'avais envisagé tout cela, et c'est pourquoi j'avais emmené votre cousin Emboise à proximité. Moi disparu, c'est lui votre mari. C'est lui que vous avez épousé devant les hommes.

— C'est vous que j'ai épousé devant l'Église.

— L'Église ! L'Église ! il y a des accommodements[1] avec elle… On fera casser votre mariage.

— Sous quel prétexte avouable ?

Il se tut, réfléchit à toutes ces choses insignifiantes pour lui et ridicules, mais si graves pour elle, et il répéta plusieurs fois :

— C'est terrible… c'est terrible… j'aurais dû prévoir…

Et tout à coup, envahi par une idée, il s'écria, en frappant dans ses mains :

— Voilà ! J'ai trouvé. Je suis au mieux avec un des principaux personnages du Vatican[2]. Le pape fait ce que je veux… J'obtiendrai une audience[3] et je ne doute pas que le Saint-Père, ému par mes supplications…

Son plan était si comique, sa joie si naïve qu'Angélique ne put s'empêcher de sourire, et elle lui dit :

---

1. Accommodement : arrangement.
2. Vatican : siège de la papauté à Rome.
3. Audience : entretien accordé par une personnalité.

– Je suis votre femme devant Dieu.

Elle le regardait avec un regard où il n'y avait ni mépris ni hostilité, et point de colère, et il se rendit compte qu'elle oubliait de considérer en lui le bandit et le malfaiteur, pour ne penser qu'à l'homme qui était son mari et auquel le prêtre l'avait liée jusqu'à l'heure suprême de la mort.

Il fit un pas vers elle et l'observa plus profondément. Elle ne baissa pas les yeux d'abord. Mais elle rougit. Et jamais il n'avait vu un visage plus touchant, empreint d'une telle dignité. Il lui dit, comme au premier soir de Paris :

– Oh ! vos yeux... vos yeux calmes et tristes... et si beaux !

Elle baissa la tête et balbutia :

– Allez-vous-en !... Allez-vous-en !

Devant son trouble, il eut l'intuition subite des sentiments plus obscurs qui la remuaient et qu'elle ignorait elle-même. Dans cette âme de vieille fille dont il connaissait l'imagination romanesque, les rêves inassouvis, les lectures surannées[1], ne représentait-il pas soudain, en cette minute exceptionnelle, et par suite des circonstances anormales de leurs rencontres, quelque chose de spécial, le héros à la Byron[2], le bandit romantique et chevaleresque ? Un soir, malgré les obstacles, aventurier fameux, ennobli déjà par la légende, grandi par son audace, un soir, il était entré chez elle,

---

1. Surannées : démodées, désuètes.
2. Byron : Lord Byron (1788-1824), poète anglais dont les personnages sont les modèles du héros romantique.

et il lui avait passé au doigt l'anneau nuptial. Fiançailles mystiques et passionnées, telles qu'on en voyait au temps du *Corsaire*[1] et d'*Hernani*[2].

Ému, attendri, il fut sur le point de céder à un élan d'exaltation, et de s'écrier :

– Partons !… Fuyons !… Vous êtes mon épouse… ma compagne… Partagez mes périls, mes joies et mes angoisses… C'est une existence étrange et forte, superbe et magnifique…

Mais les yeux d'Angélique s'étaient relevés vers lui, et ils étaient si purs et si fiers qu'il rougit à son tour.

Ce n'était pas là une femme à qui l'on pût parler ainsi. Il murmura :

– Je vous demande pardon… J'ai commis beaucoup de mauvaises actions, mais aucune dont le souvenir me sera plus amer. Je suis un misérable… J'ai perdu votre vie.

– Non, dit-elle doucement, vous m'avez au contraire indiqué ma voie véritable.

Il fut près de l'interroger. Mais elle avait ouvert la porte et lui montrait le chemin. Aucune parole ne pouvait plus être prononcée entre eux. Sans dire un mot, il sortit en s'inclinant très bas devant elle.

Un mois après, Angélique de Sarzeau-Vendôme, princesse de Bourbon-Condé, épouse légitime d'Arsène Lupin, prenait le voile, et, sous le nom de sœur

---

1. *Le Corsaire* : poème de Lord Byron (1814).
2. *Hernani* : drame de Victor Hugo (1830).

Marie-Auguste, s'enterrait au couvent des religieuses dominicaines[1].

Le jour même de cette cérémonie, la mère supérieure du couvent recevait une lourde enveloppe cachetée et une lettre...

La lettre contenait ces mots : « *Pour les pauvres de sœur Marie-Auguste.* »

Dans l'enveloppe, il y avait cinq cents billets de mille francs.

---

1. Dominicaines : religieuses appartenant à l'ordre des Frères prêcheurs, fondé par saint Dominique au XIIIe siècle.

Carnet de lecture

Qui êtes-vous, monsieur Leblanc ?

Une enfance normande
Maurice Leblanc, le créateur ou, comme il aimait le laisser entendre, l'historiographe d'Arsène Lupin, est né à Rouen le 11 décembre 1864 dans une famille aisée. Il a deux sœurs, Jehanne, née un an avant lui, et Georgette, née en 1869, qui sera cantatrice et comédienne. Il fait ses études au lycée Corneille de Rouen et se crée ses meilleurs souvenirs d'enfance durant ses vacances chez sa tante Ernestine, dans une maison voisine des ruines de l'abbaye de Jumièges. C'est là qu'il découvre « toute la beauté de la nature qui se mêle aux ruines, et du passé qui s'entrelace au présent ». Passionné de bicyclette, à laquelle il consacrera en 1897 un récit intitulé *Voici des ailes*, il sillonne le pays de Caux et la côte normande, autant de lieux qui serviront de cadre à de nombreuses aventures d'Arsène Lupin.

Des débuts difficiles
À vingt-quatre ans, Maurice Leblanc refuse la carrière que lui propose son père dans l'industrie textile et s'installe à Paris. Passionné de littérature, il est décidé à vivre de sa plume. En 1889, il épouse Marie-Ernestine Lalanne, dont l'aisance financière lui permet

de se consacrer à l'écriture. Il écrit des nouvelles et des contes à la manière de Flaubert et de Maupassant, ses deux modèles. Son premier roman, *Une femme*, paraît en feuilleton dans la revue *Gil Blas* en 1893. Suivent d'autres recueils de contes, salués par des écrivains renommés, comme Alphonse Daudet, Léon Bloy et Jules Renard, mais qui ne rencontrent pas leur public. Dépressif à cause de ses échecs littéraires, de son divorce (1895) et de son remariage qui tarde avec Marguerite Wormser (1906), il écrit pour gagner sa vie des contes sportifs dans le journal *L'Auto*.

Le succès vient avec Lupin

En juillet 1905, à la demande de l'éditeur Pierre Lafitte, Maurice Leblanc écrit pour son magazine *Je sais tout* une courte nouvelle intitulée « L'Arrestation d'Arsène Lupin ». Convaincu que Maurice Leblanc possède toutes les qualités pour réussir dans le roman d'aventures, Pierre Lafitte pousse l'écrivain à lui donner une suite. *Arsène Lupin, gentleman-cambrioleur*, publié en 1907, connaît un succès foudroyant. Grâce à son héros, la notoriété de Maurice Leblanc dépasse bientôt les frontières pour s'étendre en Europe, en Amérique, puis un peu partout dans le monde. Dès 1908, les aventures d'Arsène Lupin sont adaptées au cinéma aux États-Unis (*Une aventure d'Arsène Lupin*). La même année, Maurice Leblanc écrit une pièce de théâtre avec Francis de Croisset intitulée *Arsène Lupin*. Représentée au théâtre de l'Athénée à Paris, elle remporte un énorme succès.

Durant les années qui précèdent le premier conflit mondial, Maurice Leblanc va enchaîner les réussites avec les aventures de son héros : *Arsène Lupin contre Herlock Sholmès* (1908), *L'Aiguille creuse* (1909), *813* (1910), *Le Bouchon de cristal* (1912), *Les Confidences d'Arsène Lupin* (1913). Ces titres paraissent dans la collection des romans d'aventures et d'action de Pierre Lafitte, une collection populaire à bon marché, dont les couvertures dessinées par Léo Fontan imposent une image durable d'Arsène Lupin avec chapeau haut de forme, canne à pommeau et monocle.

Cependant, Maurice Leblanc désespère d'une célébrité qu'il ne doit qu'au seul Lupin, héros d'une littérature populaire qu'il méprise. À la fin de *813*, il tente même de se débarrasser de son personnage en le précipitant du haut des falaises de Capri. Il essaie aussi de profiter du succès du gentleman-cambrioleur pour faire rééditer ses premiers livres et continue d'écrire des romans et des contes sentimentaux qui ne remportent toujours pas le succès escompté.

La guerre, un tournant dans la vie de Maurice Leblanc et dans celle de son héros

La Grande Guerre marque une évolution dans la vie de Maurice Leblanc comme dans celle d'Arsène Lupin. Plutôt proche, comme son héros, des idées socialistes et rebelle à toute forme d'autorité, il devient nationaliste et partisan de la guerre. Trop âgé pour être mobilisé, il contribue aux œuvres d'assistance aux veuves, mutilés et orphelins de guerre. Les trois aventures d'Arsène Lupin éditées pendant et après la guerre : *L'Éclat d'obus* (1916), *Le Triangle d'or* (1918) et *L'Île aux trente cercueils* (1919), récits très hostiles à l'Allemagne, nous présentent un gentleman-cambrioleur patriote, avant tout préoccupé de servir son pays. Durant toute la durée du conflit, Maurice Leblanc passe les mois d'été à Étretat dans la villa *Le Sphinx*, qu'il finit par racheter en février 1919 et rebaptiser *Le Clos Lupin* (qui existe toujours et que l'on peut visiter).

Le retour du gentleman-cambrioleur

Après la guerre, le romancier semble s'être réconcilié avec son héros auquel il consacre de nombreux romans. Un héros moins infaillible (*Les Dents du tigre*, 1921), plus détective que cambrioleur (*Les Huit Coups de l'horloge*, 1923) et au service de la veuve et de l'orphelin (*La Demoiselle aux yeux verts*, 1927, *La Barre-y-va*, 1931). Parallèlement, Maurice Leblanc écrit des romans d'anticipation et tente de faire vivre de nouveaux héros et de nouvelles héroïnes d'aventures policières, genre qui conquiert ses lettres de noblesse à la fin des années 1920. L'écrivain considère alors le gentleman-cambrioleur avec de plus en plus d'affection, confiant à un journaliste en 1932 : « Il fut pour moi un excellent ami, cet Arsène. »

De santé fragile, il vit alors de plus en plus dans sa villa d'Étretat. Il doit cependant la quitter au début de la Seconde Guerre mondiale pour se réfugier à Perpignan, où il meurt d'une pneumonie en 1941.

Le roman policier au début du XXe siècle

Voleurs et policiers à la Belle Époque

Les trois grands cycles de la littérature policière de la Belle Époque (1890-1914), Arsène Lupin, Rouletabille (Gaston Leroux) et Fantômas (Pierre Souvestre et Marcel Allain), voient le jour à quelques années d'intervalle, entre 1905 et 1911. Cette époque, que l'on qualifiera plus tard de « belle » après les terribles ravages de la Première Guerre mondiale, apparaît comme une période de prospérité, de progrès scientifiques et d'optimisme. Un optimisme que l'on retrouve dans l'œuvre de Leblanc et la personnalité même d'Arsène Lupin. La prospérité n'est cependant pas pour tous. À la périphérie des grandes villes, dans les quartiers populaires insalubres, sévissent l'alcoolisme, la prostitution et le crime. Les classes laborieuses sont perçues comme dangereuses par la riche bourgeoisie. Le crime fait peur et fascine à la fois. L'intérêt croissant pour les affaires criminelles est entretenu par la publication des Mémoires d'anciens chefs de la police, comme ceux de Vidocq (1829), et par la diffusion de *La Gazette des tribunaux* (1825-1870), véritable répertoire des affaires criminelles de l'époque. Les méfaits des bandes criminelles de Paris (les apaches) font la une des quotidiens populaires et de leurs suppléments illustrés *Le Petit Journal* ou *Le Petit Parisien*. Les lecteurs se passionnent pour le procès de Marius Jacob, anarchiste cambrioleur jugé à Amiens pour cent cinquante-six cambriolages et qui a pu servir de modèle à Lupin. Parallèlement la police se développe, s'organise et se modernise.

Premiers auteurs, premiers héros

Arsène Lupin, Rouletabille ou Fantômas, les héros du roman policier de la Belle Époque, ne surgissent pas spontanément de l'imagination fertile de trois écrivains passionnés par un genre nouveau. Dès la première moitié du XIXe siècle, des auteurs comme Eugène Sue connaissent le succès avec la peinture des bas-fonds des grandes villes (*Les Mystères de Paris*, 1842-1843). Ces romans-feuilletons s'intéressent cependant plus au crime, aux criminels et à leur environnement qu'à l'enquêteur et au mystère à élucider, ce qui est le propre du roman policier. C'est Edgar Allan Poe qui fonde le genre en 1841 avec son premier récit policier mettant en scène le détective Auguste Dupin : *Double assassinat dans la rue Morgue* (1841). Il est suivi par Émile Gaboriau avec ses romans judiciaires et son héros l'inspecteur Lecoq, qui apparaît dans *L'Affaire Lerouge* (1866). C'est enfin Arthur Conan Doyle avec son personnage de Sherlock Holmes, dont les aventures sont traduites en français dès 1902, et William Hornung, dont le héros Arthur J. Raffles, un gentleman-cambrioleur, n'est pas sans faire penser à Arsène Lupin.

Retour à la nouvelle

D'une nouvelle à l'autre

Les aventures du gentleman-cambrioleur regroupées sous le titre *Les Confidences d'Arsène Lupin* paraissent dans le magazine mensuel de Pierre Lafitte *Je sais tout* entre avril 1911 et février 1913. Le premier recueil rassemblant ces neuf nouvelles est édité en juin 1913 (nous en avons retenu six pour le présent ouvrage). L'action de ces nouvelles, publiées après les « formidables batailles » de *L'Aiguille creuse* et de *813*, se situe cependant plus tôt, dans la continuité des toutes premières aventures du gentleman-cambrioleur (*Arsène Lupin, gentleman-cambrioleur*), nouvelles publiées dans *Je sais tout* entre 1905 et 1907 avant de paraître en recueil (1907). Maurice Leblanc souhaitait alors renouer avec un personnage plus léger, moins démesuré, moins tragique : « Sans songer à s'approprier le trésor séculaire des rois de France ou à cambrioler l'Europe au nez du Kaiser, il se contentait des coups de main plus modestes et de bénéfices plus raisonnables » (« Les Jeux du soleil »).

Alors que les grandes aventures étaient parues morcelées en feuilleton, *Les Confidences d'Arsène Lupin* sont publiées dans leur intégralité chaque mois et constituent un ensemble sériel. Les différents épisodes

des aventures du héros sont bien indépendants les uns des autres, le lien entre eux se faisant par quelques renvois aux récits précédents. Ainsi, lors de sa confrontation avec Ganimard dans l'histoire de « L'Écharpe de soie rouge », Lupin fait allusion à l'affaire Dugrival (« Le Piège infernal ») et, à la fin de « La Mort qui rôde », il confie au docteur Guéroult qu'il vient « de mener une belle campagne » sous les ordres de Ganimard dans l'affaire de « l'écharpe rouge ». La continuité de la série est aussi assurée par le retour de certains personnages déjà présents lors des premières aventures du gentleman-cambrioleur – le chef de la Sûreté Dudouis, l'inspecteur Ganimard – et, bien entendu, par la fidélité du lecteur aux aventures d'un héros qui « était déjà célèbre » (« Les Jeux du soleil »).

L'art de la nouvelle chez Maurice Leblanc

La nouvelle est un récit court, dont l'intrigue met en scène un nombre limité de personnages et qui propose souvent une chute étonnante. Le préambule de la première nouvelle, « Les Jeux du soleil », sert d'introduction générale à l'ensemble du recueil. Il permet au lecteur de se repérer dans la chronologie de la vie de Lupin et de rappeler les liens étroits existant entre le gentleman-cambrioleur et le narrateur, qui est à l'évidence un double de Maurice Leblanc lui-même. Dans les autres nouvelles, Maurice Leblanc plonge le lecteur au cœur de l'action sans préambule (incipit *in medias res*), ne lui dévoilant les tenants et les aboutissants de l'intrigue qu'après coup. Ainsi, sans qu'il en connaisse la raison, le lecteur se retrouve à franchir avec Lupin le mur du château de Maupertuis (« La Mort qui rôde ») ou à emboîter le pas à l'inspecteur Ganimard dans les rues de Paris (« L'Écharpe de soie rouge »).

Dans la plupart de ses nouvelles, Maurice Leblanc respecte une certaine unité de lieu et de temps qui, jointe à des dialogues vifs et incisifs, en accentue l'aspect théâtral. L'action de « La Mort qui rôde » se déroule en moins de quarante-huit heures et a pour cadre principal le château de Maupertuis, celles de « L'Anneau nuptial » et des « Jeux du soleil » se passent en moins de vingt-quatre heures dans les hôtels particuliers du comte d'Origny et du baron Repstein. Le cadre de l'action soit n'est pas décrit (on ne saura rien de l'hôtel d'Origny), soit est évoqué en quelques mots comme la résidence du baron Repstein : « un hôtel à trois étages dont nous pouvions apercevoir la façade enjolivée de colonnes et de cariatides ». Une description suffisante pour un lecteur familier des hôtels particuliers des nouveaux quartiers haussmanniens de Paris.

L'écrivain soigne particulièrement les chutes de ses nouvelles. Il s'agit de surprendre une dernière fois le lecteur par un ultime rebondissement, un dénouement inattendu : terrible, avec la découverte du cadavre de la baronne Repstein dans le coffre-fort de son mari (« Les Jeux du soleil »), ou plus déconcertant avec la révélation de la féminité de Gabriel, le « neveu » des Dugrival.

Énigmes policières
ou aventures policières

Chaque nouvelle composant le recueil des confidences d'Arsène Lupin comporte un mystère que l'écrivain invite le lecteur à résoudre aux côtés de son héros ou de l'inspecteur Ganimard. Certaines de ces nouvelles s'apparentent à la classique énigme policière, d'autres relèvent plutôt du récit d'aventures criminelles.

Énigmes policières

Dans « Les Jeux du soleil » et « L'Écharpe de soie rouge », le gentleman-cambrioleur se transforme en enquêteur afin de confondre le meurtrier et d'expliquer les raisons du crime, sans pour autant perdre de vue ses intérêts (l'argent du baron Repstein ou le saphir de Jenny). Ces deux histoires font penser aux aventures de Sherlock Holmes. Dans la première, Lupin découvre la signification des jeux de lumière sous le regard stupéfait d'un Leblanc aux allures de Watson ; dans la deuxième, il reconstitue un crime à partir de quelques indices retrouvés sur le pont d'une péniche. C'est d'ailleurs avec une certaine ironie que Lupin déclare à Ganimard : « Lupin jongle avec les déductions comme un détective de roman. » Cependant, si dans « L'Écharpe de soie rouge », Lupin, à la manière de

Sherlock Holmes, insiste sur l'importance de l'observation, de l'intelligence et de la réflexion pour résoudre une énigme, dans « Les Jeux du soleil », il tourne en dérision la méthode du célèbre détective britannique en affirmant « qu'il y a, dans la découverte des crimes, quelque chose de bien supérieur à l'examen des faits, à l'observation, déduction, raisonnement et autres balivernes, c'est, je le répète, l'intuition… l'intuition et l'intelligence ». Des qualités qui lui avaient permis de l'emporter sur le détective anglais, rebaptisé Herlock Sholmès pour respecter les droits d'auteur, lors des aventures de « La Dame blonde » et de « La Lampe juive » (*Arsène Lupin contre Herlock Sholmès*).

Aventures criminelles

« L'Anneau nuptial » et « La Mort qui rôde » sont des histoires à suspense où le crime n'est pas encore accompli. Il ne s'agit donc pas pour Arsène Lupin d'en découvrir l'auteur, mais d'empêcher qu'il ait lieu. Dans « Le Piège infernal », c'est même lui la possible victime, et le lecteur, s'il ne doute pas de son héros, se demande cependant comment il va bien pouvoir échapper à la mort. Dans ces aventures criminelles, le héros de Maurice Leblanc lutte contre des adversaires particulièrement malfaisants, contre le mal incarné. Dissimulé sous un masque de respectabilité, une « figure d'honnête homme », le baron Repstein s'avère le plus monstrueux des criminels. L'action, dans ce type de récit, est prépondérante. Arsène Lupin se bat contre le temps, élément essentiel du suspense : démasquera-t-il le baron Repstein avant que ce dernier ne réussisse à s'enfuir ? Interviendra-t-il à temps pour sauver Yvonne d'Origny du déshonneur ? Dans « La Mort qui rôde », Leblanc entraîne le lecteur au bout de celui-ci puisque c'est avec les yeux horrifiés de la jeune Jeanne Darcieux et du vieux docteur Guéroult qu'il découvre la véritable identité du criminel.

Arsène Lupin,
un personnage aux multiples facettes

Un personnage toujours mystérieux

Par bien des aspects, on retrouve dans le Lupin des *Confidences* le Lupin des premières aventures. Toujours aussi mystérieux, même aux yeux de son historiographe et ami, double de Maurice Leblanc, qui n'en fait pas une description précise : « À quels signes se rattacher pour identifier un visage qui se transforme à volonté, sans même le secours des fards, et dont chaque expression passagère semble être l'expression définitive ?... » («Les Jeux du soleil»). On ne connaîtra du héros que sa force physique, sa jeunesse et son élégance : «Un homme s'avançait vers elle, en habit, son macfarlane et son claque sous le bras, et cet homme jeune, de taille mince, élégant, elle l'avait reconnu, c'était Horace Velmont» («L'Anneau nuptial»). Fils d'un roturier et d'une aristocrate, Arsène Lupin est de tous les milieux. Voleur à la tire, discutant d'égal à égal dans un langage familier avec la mère Dugrival ou avec l'inspecteur Ganimard. Par ailleurs membre du prestigieux cercle aristocratique de la rue Royale, capable de s'exprimer dans un langage soutenu et d'usurper, sans éveiller les soupçons, l'identité du neveu du duc de Sarzeau-Vendôme.

Des qualités qui rendent Lupin sympathique
Dans *Les Confidences*, Lupin n'a rien perdu non plus des qualités qui l'avaient rendu sympathique au lecteur dès ses premières aventures.

• *Le courage*
Courageux, il ne craint pas la mort : « L'idée de la mort m'a toujours semblé la chose du monde la plus cocasse » (« Le Piège infernal »). Il la brave même à motocyclette, un de ces moyens modernes de déplacement qu'il apprécie, pour venir au secours de Jeanne Darcieux : « jamais peut-être, ainsi qu'il me le raconta par la suite, il ne risqua sa vie avec plus de témérité qu'en effectuant ce retour à une vitesse folle, un soir brumeux de décembre, où la lumière de son phare trouait à peine les ténèbres » (« La Mort qui rôde »).

• *La séduction*
Séduisant, il charme toutes les femmes. Dans les moments de grands périls, ce sont elles qui viennent à son secours. Angélique de Sarzeau-Vendôme, qui aurait toutes les raisons de lui en vouloir, empêche son père de le tuer. Et Gabriel, la nièce qui aurait toutes les raisons de le haïr, le sauve d'une mort certaine. Un succès auprès des femmes que Lupin explique, avec une certaine complaisance : « Ce que c'est, pourtant, murmura-t-il, que d'être joli garçon !... » (« Le Piège infernal »).

- *L'intelligence et l'humour*

Pas mécontent de son physique, il n'hésite pas non plus à se flatter auprès de son historiographe de son intelligence et de son intuition : « Et Arsène, sans se vanter, ne manque ni de l'une ni de l'autre » (« Les Jeux du soleil »). Une vantardise qu'on lui pardonne volontiers, car il sait rire de tout et de tout le monde, des autres comme de lui-même. Se moquant, ce qui ne déplaisait pas, aussi bien du duc de Sarzeau-Vendôme, vieux réactionnaire accroché à ses titres et à ses privilèges, que des représentants de la loi : « Voyons, Ganimard, un petit effort, mon gros… Comprends que, depuis quatre semaines, tu n'es que le bon caniche… Ganimard, apporte… apporte au monsieur… Ah ! le bon toutou à son père… Faites le beau… Susucre ? » (« L'Écharpe de soie rouge »).

Escroc, voleur…

Dans *Les Confidences*, Arsène Lupin demeure un voleur professionnel, un escroc. Sa collaboration avec la police dans l'affaire de l'écharpe de soie rouge s'explique avant tout par son appât du gain. C'est la fortune du duc de Sarzeau-Vendôme qu'il convoite en montant l'escroquerie au mariage avec la fille de celui-ci. Un voleur qui se trouve même rabaissé à la condition de voleur à la tire par la mère Dugrival qui l'a mis en échec : « Oui, Lupin, Dugrival travaillait dans la même partie que toi » (« Le Piège infernal »). Cependant, si Lupin vole, il ne vole toujours que des personnages peu recommandables, des assassins comme Thomas Derocq ou le baron Repstein. Surtout, il ne se contente plus seulement de voler : « faisant le mal au jour le jour, et faisant le bien aussi, par nature et par dilettantisme, en Don Quichotte qui s'amuse et qui s'attendrit » (« Les Jeux du soleil »).

... mais aussi enquêteur et justicier!
Enquêteur, il se fait justicier, défenseur des faibles et des opprimés à l'instar des grands redresseurs de torts des romans-feuilletons criminels du XIXe siècle, Rodolphe, le héros d'Eugène Sue dans *Les Mystères de Paris*, Rocambole, le héros de Pierre Alexis Ponson du Terrail (*Les Drames de Paris*, 1857-1870). Il se précipite au secours d'Yvonne d'Origny et de Jeanne Darcieux sans en escompter le moindre bénéfice. Conscient d'avoir mal agi avec Angélique de Sarzeau-Vendôme, il lui fait parvenir dans son couvent les cinq cent mille francs escroqués à son père, non sans s'être repenti : « – Je vous demande pardon… J'ai commis beaucoup de mauvaises actions, mais aucune dont le souvenir me sera plus amer. Je suis un misérable… J'ai perdu votre vie » (« Le Mariage d'Arsène Lupin »).

Table

1. Les jeux du soleil, *7*
2. L'anneau nuptial, *41*
3. Le piège infernal, *71*
4. L'écharpe de soie rouge, *107*
5. La mort qui rôde, *143*
6. Le mariage d'Arsène Lupin, *175*

Carnet de lecture, *213*

Découvrez d'autres aventures
d'**Arsène Lupin**

dans la collection

FOLIO ★ JUNIOR
TEXTES CLASSIQUES

ARSÈNE LUPIN, GENTLEMAN-CAMBRIOLEUR

n° 1904

L'inspecteur Ganimard triomphe : Arsène Lupin est enfin sous les verrous ! Mais le célèbre gentleman-cambrioleur semble s'amuser de la situation. Après une incroyable évasion, il annonce à sa prochaine victime le jour où il va lui voler sa collection d'œuvres d'art... Un seul être est de taille à contrer ce génial malfaiteur : Herlock Sholmès, la star des détectives.
Palpitantes et mystérieuses, cinq aventures d'un héros hors du commun.

L'AIGUILLE CREUSE

n° 1914

Arsène Lupin a-t-il enfin trouvé un adversaire à sa mesure ? Non content d'avoir élucidé le crime du château d'Ambrumésy, Isidore Beautrelet, jeune et génial détective amateur, s'est juré de le démasquer. Mais, pour cela, le garçon va devoir percer le secret le mieux gardé de l'histoire de France : le mystère de l'Aiguille creuse !
Une nouvelle aventure du célèbre et insaisissable gentleman-cambrioleur.

ARSÈNE LUPIN
CONTRE HERLOCK SHOLMÈS

n° 1923

Qui a volé le célèbre diamant bleu ? Arsène Lupin, bien sûr ! Pour coincer l'insaisissable cambrioleur, la police fait appel au meilleur détective du monde, l'Anglais Herlock Sholmès en personne. Entre ces deux génies s'engage un duel où tous les coups sont permis !

De nouvelles aventures du gentleman-cambrioleur qui mêlent passages secrets, mystère et humour.

LE BOUCHON DE CRISTAL

n° 1945

Un cambriolage qui tourne mal. Un odieux maître chanteur… Un bouchon de cristal dont tout le monde veut s'emparer… Quelle ténébreuse affaire pour Arsène Lupin ! Mais cette fois, le prince des voleurs est tombé sur un adversaire à sa taille. Le combat s'annonce impitoyable.
Une des aventures les plus mouvementées d'Arsène Lupin.

Le papier de cet ouvrage est composé de fibres naturelles, renouvelables,
recyclables et fabriquées à partir de bois provenant
de forêts gérées durablement.

Mise en pages : Maryline Gatepaille

Loi n° 49-956 du 16 juillet 1949
sur les publications destinées à la jeunesse
ISBN : 978-2-07-520308-1
Numéro d'édition : 618587
Dépôt légal : janvier 2024

Imprimé en Espagne par Novoprint (Barcelone)